集英社オレンジ文庫

下鴨アンティーク

アリスと紫式部

白川紺子

下鴨アンティーク
アリスと紫式部

目次

イラスト／井上のきあ

アリスと紫式部

ことのはじまりは、アリスだった。

京都《きょうと》の桜もちらほらと開花しはじめた、三月下旬のある日。

祖母から譲り受けた市松格子《いちまつごうし》の紬《つむぎ》に黒猫柄《がら》の帯をしめて、鹿乃《かの》は、離れに住む下宿人、慧《けい》のもとを訪れた。

「慧ちゃん、いま暇《ひま》？」

ノックもそこそこに鹿乃がドアを開けると、パソコンと向かい合っていた青年――慧にじろりとにらまれた。

「一秒たりとも暇じゃない」

ぴしゃっと鼻先で戸を閉めるような口調で言って、慧は机のほうに顔を戻した。

慧の机には古書から最近の論文集まで、さまざまな本がうずたかく積みあげられている。それらに埋もれるようにして、ノートパソコンが開かれていた。鹿乃がのぞきこむと、白い画面に並ぶ文章は、昨日見たときから一文字も進んでいない。

「行き詰まっとるねえ、慧ちゃん」

鹿乃が言うと、慧は無言でまたにらんでくる。せっかくのさらさらとした黒髪は乱れて、端整な顔もいくらかやつれているように見える。目の下にクマもできていた。

慧が書いているのは、論文だ。テーマは、近松《ちかまつ》の世話浄瑠璃《せわじょうるり》のナントカ——聞いたけれど、鹿乃にはよくわからない。慧は学者なのである。近くの私立大学で近世文学を教えている若き准《じゅん》教授だ。

「慧ちゃん。わたし、手伝ってほしいことがあるんやけど」

「暇じゃないと言っただろうが」

「ちょっとは休んで、気分転換したほうがええよ。こないだから部屋にこもりっきりやないの」

「春休みの課題ならお断りだぞ」

鹿乃は、この春から高校三年生になる。休み明けに実力テストがあるので、課題もたっぷり出ていた。

お断りと言いつつ、慧はパソコンを閉じて鹿乃に向き直る。鹿乃はにっこりと笑った。彼のこういう、なんだかんだでちゃんと話を聞こうとしてくれるところが好きだ。

が、鹿乃が頼みたいのは課題ではない。

「虫干《むしぼ》し、手伝ってほしいねん」

「虫干し？　着物の？　こんな時期にか」

「うん。蔵《くら》の着物なんやけど」

「蔵の――。あそこは、開けるなと言われてたんじゃなかったか、おふじさんに」

旧家である鹿乃の家には、明治時代からの土蔵《どぞう》がある。慧の言う『おふじさん』というのは、鹿乃の亡くなった祖母のことだ。芙二子《ふじこ》といった。その祖母が、『あの蔵は開けてはいけない』と言っていたのだ。

両親を早くに亡くし、祖母に育てられた鹿乃にとって、祖母が『だめ』と言うものは絶対『だめ』だ。そういう風にしつけられた。

だが。

「せやけど、着物は虫干しせんとカビるし虫に食われるやろ。お祖母《ばあ》ちゃんがあの蔵の着物をときどき虫干ししとったの、覚えとるんよ」

蔵にある物を壊したり汚したりされると困るから、開けるなと言っていたのではないかと思う。

「もうお祖母ちゃんはおらんのやし、わたしがちゃんと管理せなあかんと思て」

祖母が病気で亡くなったのは、一年ほど前のことだ。鹿乃は、祖母が遺《のこ》していったものを、損《そこ》ないたくない。

慧はパソコンに一度目を落とし、ため息をついて前髪をかきあげた。

「わかった。どうせ、このままパソコンとにらめっこしていても進みそうにないしな。──しかし、なんでまた急に虫干しなんて思い立ったんだ？」

「うん、それがな、アリスやねん」

「……アリス？」

そう、と言って鹿乃は両手を広げると、くるりとその場でターンしてみせた。着物の袂《たもと》が翻《ひるがえ》る。片側でゆるい三つ編みにした栗色《くりいろ》の髪が揺れた。

「なんだ？」

「慧ちゃんに問題です」

両手を広げたまま、鹿乃は尋《たず》ねた。

「今日のコーディネートのテーマ、なんやと思う？」

鹿乃は、休日はたいてい着物を着ている。ほとんどが祖母のおさがりである。

祖母が少女時代に着ていた着物というのは、どれも現代にはない大胆な柄や色使いのものばかりで、遊び心があって洒落《しゃれ》ている。モダニズム、という当時の流行だそうだ。

鹿乃がそれらをはじめて目にしたのは小学生のころだったが、ひと目でとりこになった。以来、アンティーク着物を愛してやまない。

その鹿乃が今日着ているのは、白と黒のモダンな市松格子の紬。グレー地《じ》の染め帯には、黒猫の柄。帯締めは紅白の市松模様で、帯留《おびど》めは乳白色《にゅうはくしょく》のとんぼ玉だ。帯揚《おびあ》げは白の絞《しぼ》りで、半衿《はんえり》は赤。

鹿乃は、着物を着るとき、テーマを設定するのが好きだった。赤い紬に油彩調で森を描いた染め帯を合わせて『赤ずきん』、浅葱《あさぎ》の縞御召《しまおめし》に蛙柄《かえるがら》の帯で『梅雨《つゆ》』などという具合だ。そうしてそれを、なぞなぞのように慧に尋ねて、当ててもらうのも好きだった。

慧は、頬杖《ほおづえ》をついて鹿乃の着物をじっと眺めたあと、

「……豆大福《まめだいふく》?」

と言った。

鹿乃はむくれる。

「なんでそうなるん」

「白黒の市松が、豆大福みたいだろ」

「もう、それやったら猫とか関係なくなるやん」

慧は、ふっと笑う。

「白黒の格子柄に、黒猫に、赤と白。丸くて白い球。――『鏡の国のアリス』だな」

わかってるんやないの、と鹿乃は慧をちょっとにらんだ。

白黒の市松は、チェス盤《ばん》。黒猫は、アリスの飼い猫キティ。赤の女王に、白の女王。帯留めのとんぼ玉は、ハンプティ・ダンプティ――卵のキャラクター。すべて、『鏡の国のアリス』に出てくるモチーフだ。

「で、それがどう蔵の着物の虫干しにつながるんだ？」

「最初な、『不思議の国のアリス』にしよと思てたんよ。トランプ柄の羽織があった気がして。でも、さがしたんやけど、ないねん。せやけど、たしかにどこかで見たはずやねん。でな、どこやったかなてずっと考えとったんやけど」

「それが、あの蔵にあるんじゃないかと？」

「そう」

鹿乃はうなずいた。

「そしたら、そういえばあの蔵の着物、ほったらかしやなあて気づいて。今日はからっとした天気やし、ちょうどええやろ？」

「思い立ったが吉日《きちじつ》、ってやつだな。——じゃあ、さっさとはじめるか」

慧は立ちあがる。ずいぶんと上背《うわぜい》があるので、そうすると小柄な鹿乃は慧の胸しか見えなくなる。

「ありがとう」

上を見あげてそう言うと、わしわしと子どもにするように頭をなでられた。大きな手にどきりとするが、同時に、子どもあつかいにちょっと悔《くや》しくなる。

歳《とし》が離れているせいか、はたまた知り合ったころ鹿乃が小学生だったせいか、いまだに慧は小さな子どものように鹿乃をあつかうことがある。それが、鹿乃には不満だった。

もう子どもじゃないのに。

そろそろ、ひとりの女性として見てくれてもいいんじゃないか——なんてことを思って、妙に気恥ずかしくなり、鹿乃は頰を赤くした。


慧が鹿乃の家にはじめてやってきたのは、十年ほど前のことだ。

鹿乃には、兄がひとりいる。その兄が、大学の同級生だった慧を、友人だといってつれてきたのである。兄は人の好き嫌いが激しく、人づきあいも嫌う。だから友人を家につれてくるなどということはそれまで一度もなかったので、祖母ともども、驚いた。

慧は、東京《とうきょう》の人だった。正しくは、京都生まれ、東京育ち。子どものころ両親が離婚して、慧は母親に引き取られて東京で育ったそうだ。ここ京都には大学教授をしている父親がいるが、絶縁状態だという。慧は父親を嫌っているようだ。それなのにどうしてわざわざ京都の大学を選んだのか、そのあたりの事情を慧は語りたがらないから、鹿乃も訊《き》かずにいる。

祖母は慧をいたく気に入って、離れに下宿させることを、なかば強引に決めた。

そのころからの、長いつきあいだ。

「久しぶりに日の光を浴びるな……」

「慧ちゃん、もっと健康的に生きて」

庭に出てしみじみと空を眺めている慧に、鹿乃はため息をついた。研究に没頭《ぼっとう》すると、寝食を忘れる人だ。こうしてこちらが外につれだしたり、食事を運んだりしないと倒れかねない。

「大学が春休みやからって閉じこもっとらんと、毎日、散歩くらいせなあかんよ。ほんで、コーヒーはもうすこし控《ひか》えんと」

「コーヒーがないと、眠くなるだろ」

「ちゃんと寝て！」

あきれながら、鹿乃は蔵の鍵《かぎ》を錠前《じょうまえ》にさしこむ。白いしっくい壁の、大きな蔵である。蔵の扉を開けると、ほこりっぽいにおいがした。なかには、箪笥《たんす》や行李《こうり》が整然と並んでいる。祖母が管理していたことがひと目でわかった。きっちりした人だったのだ。だが、一年以上放置していたせいで、全体的にうっすらとほこりが積もっている。

「まずは、掃除からやなあ」

「良鷹《よしたか》も呼んでくるか」

「お兄ちゃんは呼んだかて、どうせ手伝《てつど》うてくれへんもん」

鹿乃の兄、良鷹はたいへんぐうたらなのである。頼んだところで、手助けにはなりそうもない。

蔵のなかをひと通り掃除して、桐《きり》箪笥に入っていた着物をたとう紙ごと母屋《おもや》に運ぶ。母屋は、古びた洋館だ。サンルームを備えた二階建ての煉瓦造《れんがづく》りで、丸い屋根を持つ三階建ての塔屋《とうや》がついている。大正《たいしょう》時代にイギリス人建築士の設計で建てられたものだ。

鹿乃の家——野々宮《ののみや》家は、旧華族《きゅうかぞく》である。子爵《ししゃく》だった。公家《くげ》華族だ。莫大《ばくだい》な金禄公債《きんろくこうさい》などで多くが資産家であった武家華族と違い、公家華族はたいてい困窮《こんきゅう》していた。ご多分にもれず野々宮家もそうだったのだが、財閥《ざいばつ》と姻戚《いんせき》関係を結ぶことで窮地《きゅうち》を脱したそうだ。この洋館が建てられたのも、そのころである。

「お兄ちゃん、ちょっとソファ空《あ》けて」

広間のソファに寝転がって本を読んでいた良鷹を追い立てて、鹿乃は抱《かか》えていた着物を置いた。ソファの端に追いやられた良鷹は、あくびをひとつする。やや癖毛《くせげ》の栗色の髪をかきあげて、たとう紙を眺めた。

「なんや、この着物」

「蔵の着物。虫干ししよう思て」

ふうん、だか、はあん、だか言って、良鷹は形のいい目をこすった。白皙《はくせき》の美青年、などという言葉がぴったりくるような容貌《ようぼう》なのに、どうも、しまらない。ざっくりとしたルーズなニットを着ているせいか、よけい、だらしなく見える。

いちおうこれでも古美術商なのだが、めったに仕事をしない。かと思えば、どこからか骨董《こっとう》を仕入れてきて、目玉の飛びでるような高値で好事家《こうずか》に売りつけたりしている。おそろしく目利《めき》きなのである。

そうした気ままな真似《まね》ができるのも野々宮家が資産家で不動産やら配当金やらの収入があるからだが、それにしたってぐうたらしすぎだと思う。ほうっておくと一日中ソファで横になっている。

「はい、お兄ちゃんこれ持ってて」

鹿乃は良鷹にロープを手渡す。これに着物の袖《そで》を通して、部屋に吊るすのである。

「この部屋で虫干しするんか」

「ここがいちばん広いし、風通しもええし、陽《ひ》もあたらへんし、ちょうどええんよ」

良鷹を使って、壁のいたるところにあるランプにロープをひっかける。良鷹を使うには、コツがある。力仕事はいやがるし、『手伝って』と言っても絶対動かない。が、『これを持って』とか『そこにくくりつけて』とかピンポイントで頼むと、やってくれる。鹿乃が自分でやったほうが早いときもあるのだが、だらだらさせておくのはよろしくないので、頼むのである。ただ、おつかいだけは頼んではいけない。いつ帰ってくるか、何を買ってくるか、わかったものではない。

慧にも手伝ってもらって、部屋中に着物を通したロープを吊るす。こういうとき、背の高い人がふたりいると便利だ。

「なかなか、壮観《そうかん》だな」

すべて吊るし終えて、慧が言った。

部屋のなかは、幾重《いくえ》にも綾錦《あやにしき》の幕を張ったようになっている。色とりどりの着物や帯が、美しい。

黒地の縮緬《ちりめん》に松竹梅《しょうちくばい》を描いた豪華な大振袖《おおふりそで》。秋草模様の小千谷縮《おぢやちぢみ》。虫籠《むしかご》をあしらった絽《ろ》の染め帯。鶴亀の扮装《ふんそう》をした猿が描かれた羽織なんていうのもある。

「でも、お祖母ちゃんの着物とはちゃうみたい。お祖母ちゃんの趣味やないものばっかや」

たとえば鹿乃の目の前にある、藤鼠《ふじねず》の地に源氏車《げんじぐるま》が描かれた着物などは、上品だが気取ったような感じがして、あきらかに祖母の好みではない。

野々宮家に伝わる着物たちだろうか。そういえばさがしていたトランプ柄の羽織は、結局ここにもなかった。どこにあるのだろう、と思いつつ、鹿乃は慧と兄に礼を言って、お茶を淹《い》れることにした。

——妙なことになったのは、そのあとである。

ひと休みしてから、鹿乃はふたたび広間に戻った。吊るす際にひと通り確認したが、着物に虫食いや傷《いた》んでいるところがないか、よく見ておこうと思ったのだ。

広間のドアを開けようとしたところで、鹿乃は手をとめた。なかから物音がする。それも、大勢の人が立ち騒ぐような——ばたばたと走りまわるような足音に、荒々しい怒鳴り声、悲鳴。

「な——なんや？」

鹿乃はあわててドアを開けた。とたん、音は波がひいたようにさっと消えた。しん、と静まり返った部屋には、吊るされた着物が窓から入る風に揺れているばかり。

「……？」

気のせい、と言えるような物音ではなかった。近所のテレビの音でも聞こえてきたのか、と思おうにも、野々宮家の敷地はだだっ広く、隣近所の家は遠い。

なんだったのだろう、と部屋を見まわした鹿乃は、風に揺れる一枚の着物に目をとめ、あっと声をあげた。

「なんやねん、まだお茶飲んどったのに」

ぶつくさ言う兄と慧を引っ張ってきて、鹿乃はその着物を見せた。

「これがどうしたんだ？」

けげんそうにする慧に、鹿乃は言った。

「――さっきと柄、変わってへん？」

藤鼠の地に源氏車が描かれた着物だ。綸子地《りんずじ》に大柄な葵《あおい》の葉の地紋《じもん》が入っており、源氏車――御所車《ごしょぐるま》ともいう、平安《へいあん》時代の牛車《ぎっしゃ》だ――が二台、描かれている。伝統的な図柄だが、柄のまわりを白くぼかし、西洋風のタッチで表されている。大柄な地紋も西洋風の絵も、大正から昭和《しょうわ》前期にかけての流行だ。そのころの着物だろう。

そして鹿乃が注目したのは、彩りも華やかに描かれた源氏車である。

「……源氏車が、壊れてる？」

着物を眺めて、慧がつぶやいた。鹿乃はうなずく。

ふたつある源氏車の一方が、御簾《みす》は破れ、車輪はゆがみ……という、ひどい有様《ありさま》なのだ。

「さっきは、こんなんと違ったやろ？」

干し終わったあと、すぐ目の前にあったから、よく覚えている。源氏車は、吉祥文様《きつしょうもんよう》だ。壊れたものなんてふつうは描かない。こんな変わった柄だったら、印象に残っているはずだ。

「ふつうの源氏車だったと思うが」

慧もそう言う。鹿乃は、部屋に戻ってきたとき聞いた奇妙な物音のことを話した。慧が開けっ放しの窓のほうを見やる。

「誰かが侵入して、着物をとりかえていった……なんていうのも、馬鹿げてるな」

とりかえるための着物を用意して、ロープから着物をはずして、また吊るして……などとすることに、なんの意味があるだろう。

鹿乃は壊れた源氏車を見つめて、ため息をついた。

「何なんやろ、これ……わけがわからへん」

すると、いつのまにかソファに寝転がっていた良鷹が、

「まあ、そんなこともあるんちゃう」

と言った。

「あるんちゃう、って……いや、ないやろ」

「それ、蔵の着物なんやろ。せやったら、しゃあないわ」

「……え?」

　平然と言う良鷹を、鹿乃はまじまじと見つめる。

「どういうこと、お兄ちゃん」

「蔵の着物は、あかんねん。憑いとるから」

「憑《つ》い……ええ⁉」

　ぎょっとして、鹿乃は着物から離れた。

「つ……憑いとるって、何が」

「憑いとる言うたら、幽霊《ゆ》とか物の怪《もの　け》とかそんなんやろ。持ち主が執着《しゅうちゃく》しとったもんとか古いもんにはよくあんねん」

　腕枕《うでまくら》をした良鷹は、なんでもないように言う。そういえば、彼は古美術商なのだった。

「せやから、お祖母ちゃんも開けるな言うてたんや。知らんかったんか」

「汚したり壊したりしたらあかんから、っていう注意やと……お兄ちゃん、知ってたんやったらなんで言うてくれへんの！」

　良鷹は、へらっと笑った。

「おもろいことになるかなー思て」

「お兄ちゃん！」

「興味深いな」

慧は冷静な面持《おもも》ちで、しげしげと着物を調べている。

「ほかの着物は、異常ないのか？」

「え？　ええと……たぶん。わたしも、ぜんぶはっきりと覚えとるわけとちゃうけど」

違和感のあるものは、ほかにはない。

「あっ、それやったら何もないうちに、ほかの着物は蔵に戻さんと」

あわてる鹿乃だったが、慧は意外そうに、

「なんでだ？」

と言った。鹿乃は目を丸くする。

「なんでて。ほかの着物まで、妙なことになったら困るやん」

「妙なことになったら――」

慧は真顔で言う。

「おもしろいじゃないか」

……彼と兄が友人である理由が、よくわかった気がした。

不服そうな慧と良鷹を急《せ》き立てて、鹿乃はほかの着物を蔵に戻した。問題の源氏車の着物だけ、衣桁《いこう》にかけて置いておく。

「……どないしたらええんやろ」

着物を前に途方に暮れる鹿乃に、良鷹は「ほっといたらええやん」と言う。

「誰が着るものでもないんだしな」と慧もうなずく。

「ほっとかれへんよ。もと通りにして、蔵に戻さんと……。せっかくお祖母ちゃんがちゃんと管理しとったのに、台なしにしてしもて……お祖母ちゃんに顔向けできひん」

しょんぼりと肩を落として、鹿乃は手にした蔵の鍵を見つめた。はあ、とため息をつく。

慧と良鷹が、顔を見合わせた。

「……まあ、そない深刻にならんでもええんちゃう」

「時間がたてば、もとに戻るかもしれないぞ」

慧の言葉に、鹿乃は訊き返す。

「戻らんかったら？」

「……」

鹿乃はうなだれる。良鷹が慧をこづいた。

「……わかった。もとに戻す方法を考えよう」

鹿乃は、慧をふり仰《あお》いだ。

「どうするん？」

「これには何かが憑いていて、それでこうなったっていうんだろう。なら、何が憑いているのか、なぜ憑いているのかをつきとめればいい」

「何が、なぜ……」

「まず、この着物は誰のものだったのか、というところからだな。おふじさんのものじゃないんだな？」

たぶん、と鹿乃はうなずく。

「時代からするとお祖母ちゃんの着物でもおかしないんやけど、サイズがまずちゃうし、お祖母ちゃんやったら、色も柄ももっとモダンなんが好みやから」

「几帳面《きちようめん》なおふじさんなら、蔵の収蔵品の目録《もくろく》ぐらい作ってるはずだ。それをさがそう。

——この着物をあつらえた人は十中八九、妾《めかけ》か、妾がいる夫を持つ本妻か、どちらかだろうが」

鹿乃はきょとんとする。

「なんでなん？」

　慧は着物に目をやる。

「《人の恨《うら》みの深くして》、だ」

　鹿乃は首をかしげた。

「謡曲《ようきょく》の『葵上《あおいのうえ》』だ。知らないか？」

「葵上って、『源氏物語《げんじものがたり》』の？」

「ああ。葵に二台の牛車で片方が破《や》れ車……壊れた車なら、葵の巻の車争いを表しているんだろう」

「車争い、ていうと……葵上と六条御息所《ろくじょうのみやすどころ》のケンカやったっけ？」

「正確には、彼女たちの従者同士のケンカだな」

『源氏物語』の主人公、光《ひかる》源氏の本妻が葵上で、六条御息所は愛人のひとりだ。

　葵上は、蝶よ花よと育てられたお姫さま中のお姫さま。かたや御息所も、美と教養を兼ね備えた極《きわ》めつきの貴婦人だ。ようするにふたりとも、プライドが高い。この両者が衝突するのが、車争いの場面である。

「車争いってのは、ようは場所取り合戦だな。祭見物のための」

祭見物に訪れた葵上と御息所のそれぞれの従者たちは、牛車をとめる場所をめぐって揉《も》めるのだ。先にとめてあった御息所の牛車を、横暴にも葵上の従者たちがむりやり押しのけて割りこもうとしたことからケンカに火がついた。

もとより本妻と愛人の間柄だから、その確執《かくしつ》もあって、血気盛《けっきさか》んな若い従者たちの争いはエスカレートする。結果、御息所の車は力ずくで押しのけられてボロボロ、御息所のプライドもずたずただ。追い打ちをかけるように、通りがかった源氏は葵上には慇懃《いんぎん》な態度を見せるのに、御息所には気づきもしない。こんなみじめなことがあるだろうか。このときの恨みが原因で、御息所は葵上にとり憑く生霊《いきりょう》となるのだ——。

というようなことを、慧はざっと説明した。

「その、車争いの着物……？」

それでは、鹿乃が耳にした荒々しい物音は、車争いの音だったのだろうか。

「なんとも濃い妄執《もうしゅう》がつまってそうな着物じゃないか？」

そう言って、慧は薄く笑った。——たしかに。

野々宮家の洋館は和洋折衷《せっちゅう》の造りになっていて、畳敷《たたみじ》きの座敷もある。祖母の部屋がそうだ。

祖母の部屋は、生前のまま残してあった。毎日鹿乃が掃除して、きれいにしている。祖母の部屋にいると、なんだか、いま祖母はこの部屋にいないだけで、台所でご飯でも作っているところなんじゃないか、という錯覚をおこす。『ご飯できたえ、はよ来《き》よし』と祖母の呼ぶ声が、いまにも聞こえてきそうな気がして——鹿乃は、時間に閉じこめられたような心地がする。

「何か見つかったか?」

慧に声をかけられて、鹿乃はわれに返った。

「あ……ううん」

祖母の部屋の、小さな文机《ふづくえ》の抽斗《ひきだし》を開けたところだった。慧とふたりで、蔵に関する書きつけや目録をさがしているのだ。地道な作業が嫌いな良鷹は、広間で着物を見張っている。ようは、ソファに寝転がっているだけだ。

抽斗には長方形の菓子缶が入っていて、開けると、中には写真が収められていた。古い白黒写真だ。

「わあ、お祖母ちゃんの若いころの写真や」

写真の裏に、『芙二子《ふじこ》　十五歳』などとある。おさげ髪に、目のくりっとしたかわいい少女が写っていた。レース模様を型染めした小紋《こもん》を着ている。おさがりでもらった中にある着物だ。

「鹿乃とよく似てるな」

慧が写真をのぞきこんで言う。

「そう？」

似ていると言われると、うれしい。鹿乃は笑った。

そうした写真が、たくさんあった。この洋館で撮られたものもある。祖母は野々宮家のひとり娘で、ずっとこの洋館で育ったのだ。

「――あ」

鹿乃は、一枚の写真を見て声をあげた。慧の服の袖を引っ張る。

「慧ちゃん、これ、あの着物やない？」

白黒だから色はわからないが、あの源氏車の着物を着た女性が写っているのだ。祖母ではない。三十代くらいだろうか、頬がふっくらとして目が細い、女雛《めびな》のような上品な顔立ちの女性だ。十歳くらいの子供がふたり、いっしょに写っている。子供のひとりは、祖母だった。

「こっちのふたりが、母娘《おやこ》みたいだな」

と、慧がその女性と、祖母ではないほうの子供を指さす。慧がそう言う理由はわかる。女雛のような顔立ちが、そっくりなのだ。

「誰なんやろ……」

鹿乃は写真を裏返した。そこには、

『三好《みよし》子爵夫人
敏子《としこ》さん
芙二子』

と書かれていた。

「三好――というと、近所に一軒あったな」

鹿乃はうなずく。

「この敏子さんいうの、お祖母ちゃんの幼馴染《おさななじみ》や。そしたらこっちの女の人は、敏子さんのお母さんやな」

ご近所の三好家は、野々宮家とおなじ公家華族で、やはりおなじく子爵家だった家柄だ。

明治維新《めいじいしん》後、多くの公家華族が東京へ移住するなか、京都に残った家同士というのもあって、むかしからつきあいがある。

敏子はまだ存命で、三好家にいる。嫁《とつ》ぎ先の夫が亡くなったあと、こちらに戻ってきたのだと聞いた。いまは甥《おい》家族とともに暮らしている。

「三好さんとこの着物やったんや……」

鹿乃は写真をじっと眺める。

「それがなんで、うちの蔵にあったんやろ」

「この敏子さんに訊けばわかるだろう」

行くぞ、と言って慧は立ちあがった。


野々宮家は、京都の左京区《さきょうく》、下鴨《しもがも》にある。

下鴨は、高野川《たかのがわ》と賀茂川《かもがわ》が合流して鴨川《かもがわ》となる、ちょうどそのあいだにある一帯だ。

野々宮家のあるあたりは、こんもりと繁った大きな森——糺《ただす》の森がある下鴨神社を中心とした、閑静《かんせい》な住宅街である。静かだが、夏は蟬《せみ》の声がうるさい。

糺の森を横手に見ながら、慧とともに三好家を訪《おとな》うと、六十代くらいのふくよかな女性が出迎えてくれた。敏子の甥の嫁の、安代《やすよ》である。

安代は、

「鹿乃ちゃん？　ちょっと見いひんあいだに、きれいな娘さんになって」

という、お決まりのようなことを言って、

「八島《やしま》さん、大学のほうはいまお休み？」

と、これは慧に向かって言う。八島というのが慧の苗字《みょうじ》である。

はい、と答える慧は言葉少なで愛想《あいそ》のかけらもないが、安代はにこにこしている。無愛《ぶあい》想《そう》だがきっちりと折り目正しい慧は、端整な容姿《ようし》とあいまって、近所のおばさま方の受けがいい。ちなみに兄の良鷹は、愛想も態度もよくないが、妙に要領がよくてやはりおばさま方からの評判はいい。ずるいと思う。

「ほんで、どないしたん？　鹿乃ちゃんと八島さん、ふたりそろって」

ご近所であるぶん、こうして真正面から訪ねてくる理由に見当がつかないのか、安代はちょっとけげんそうにしている。

「おばさん、敏子おばあさんに会いたいんやけど、いてはる？」

「いてはるけど……敏子さんに用事？」

「はい。お祖母ちゃんの関係で、訊きたいことがあって」

「ああ、芙二子さんのな。ほんなら、ちょっと待っとってくれる？」

一度奥にひっこんだ安代は、すぐに戻ってきて、「どうぞ、あがって」と鹿乃たちを招きいれた。

通されたのは、敏子の部屋だった。居間にでも通されるものと思っていたので、面食らう。が、部屋に入って合点《がてん》がいった。敏子は布団《ふとん》に横になっていたのである。

「す……すみません、具合、悪かったんですか？」

安代が一度ひっこんだのは、敏子の具合を確認するためだったのだろう。驚いて出直そうとした鹿乃だったが、敏子はそれをひきとめると、安代の手を借りて身を起こした。

「たいしたことあらへん。最近はいつもこうなんや。年やさかいな」

はきはきした口調で言って、敏子はひとつに結った白髪《はくはつ》をなでつけた。その肩に安代が羽織をかける。

「芙二子さんによう似てきたこと」

鹿乃の顔を眺めて、言う。敏子のほうは、頬が痩《や》せて女雛らしさはなくなっているが、細長い目に写真の面影《おもかげ》が残っている。

「芙二子さんはむかしから器量よしでな、女学生のころには付け文《つぶみ》もぎょうさん、もろてはったんえ」

すすめられた座布団に座りながら、はあ、と鹿乃はあいまいに相槌《あいづち》を打つ。このくだりは敏子に会うたび聞かされるのである。

「鹿乃子ちゃんは、いくつになったん？」

「十七です」

鹿乃は『鹿乃』であって『鹿乃子』ではない。何度も訂正しているのだが、敏子はちっとも覚えてくれない。まぎらわしい名前なので、しかたないのかもしれないが。

「十七いうたら、わたしや芙二子さんが嫁いだ年や。芙二子さんやったら、もっとええお婿《むこ》さんがおったやろうにって、皆言うとったけどなあ。健次郎《けんじろう》さんの実家は、いくら裕福やいうても、ただの商人やもの」

健次郎というのが、祖母の夫——つまり鹿乃の祖父である。飄々《ひょうひょう》とした人だったのを覚えている（良鷹の気質は、たぶん、祖父ゆずりだ）。そして華族制度が廃止になった戦後、野々宮家が財産税の攻勢を切り抜けられたのは、ただの商人であった健次郎の才覚のおかげだった。

「芙二子さんのところは、お母さまも商家の出やろ。せやから気にしはらへんのやろうけど、うちやったら、とてもむりや。おなじ子爵家でも、やっぱり違うもんやなあ」

野々宮家と三好家は、爵位こそおなじだが、もともとの公卿《くぎょう》としての家格では、三好家のほうが上なのだそうだ。

公家《くげ》も華族も遠い現代に生きる鹿乃には、どうもピンとこないのだが、敏子にとっては、それはとても重要なことらしい。折々、こういう話になる。

鹿乃は、正座した足をもぞもぞさせた。とても——とても正直なことを言ってしまえば、鹿乃は、敏子がすこし、苦手である。

「敏子さん」

と、慧が、際限なくしゃべり続けそうな敏子に声をかけた。その声に引きこまれたように、敏子はつと口を閉じる。講義をするせいか、慧の声は、よく通るのである。

「この写真を見ていただきたいのですが」

敏子が口をつぐんだ隙《すき》に、慧は例の写真をさしだした。敏子の細い目が見開かれる。

「あれ、まあ……なつかしい写真やわ」

「こちらの女性は、あなたのお母さまですか」

慧が、源氏車の着物を着た女性を示す。敏子はうなずいた。

「そうや。……ちょうど亡くなる前くらいやろか」

え、と鹿乃は敏子を見る。

「こんな若いうちに、亡くならはったんですか」

まだ三十代くらいだろうに。

「病弱な人やってな。そのうえ――」

写真を持つ敏子の指に力がこもった。

「――あの女のせいで、寿命《じゅみょう》が縮まったんや」

敏子は、ぎゅっとにらみつけるように写真を凝視《ぎょうし》している。

「あの女?」

鹿乃が繰り返すと、敏子はちらりと視線をよこした。「芙二子さんから、何も聞いてへん?」

「はあ……」

「妾や。妾がおったんよ、このころ。母はずいぶん悩まされて」

鹿乃は思わず慧を仰ぎ見る。彼の言ったとおり、本妻と妾の登場である。

「それがあんた、もとはうちの女中やった女なんやで。母もようかわいがってたのに、恩をあだで返しよって。母が亡くなったら、これ幸いとばかりに後妻におさまりよった」

恥知らずな女や、と敏子は吐き捨てた。

「品のかけらもない、粗野な女で……あの女が後妻に来てから、何もかも変わってしもうた。継子《ままこ》のわたしが気に食わんのか、よういじめられたんえ。お気に入りの振袖を汚されたり、納戸《なんど》に閉じこめられたり。ぶたれるのは日常茶飯事《さはんじ》やったわ」

納戸には夏の暑いさなか、半日も閉じこめられたのだと言った。

ほかにも、あざになるほど手を物差しでぶたれたり、花瓶《かびん》の水をかけられたり……と、敏子は後妻から受けた仕打ちの数々を語った。父は仕事で忙しくなかなか帰ってこないうえ、後妻は周囲には巧妙に敏子へのいじめを隠していて、敏子が何か訴えてもうまく言い抜けていたのだという。

敏子は悔《くや》しげに唇《くちびる》を噛《か》む。

「母の着物も帯も、ぜんぶあの女にとられてしもうた。この着物かてそう」

着物に話が及んで、鹿乃は身を乗りだした。

「その人も、この着物を着てはったん？」

「そうや。この着物は母が晩年にあつらえたもんや。それをあの女、気に入ったんかよう着とったわ」

「この着物、いまうちにあるんやけど……なんでか知ってはる?」

敏子は写真から目をあげて鹿乃を見た。

「知ってるも何も、わたしが芙二子さんにあげたんよ」

「えっ」

あげた? どうして?

「あれは、気味が悪うて」

と、敏子は眉《まゆ》をひそめた。

「後妻は、三年くらいしたらここを出ていきよった。離縁されたんや。そのあとわたしが着物の整理しとったら、この着物が出てきたんやけど……」

敏子はすこし言い淀《よど》んだ。

「――柄が、違《ちご》とったんや。思い違いやない。この写真の柄と違て……」

「片方の源氏車が、壊れていた?」

慧が言う。敏子は驚いたように目をみはった。「そうや」

鹿乃はいきおいこんで言う。

「いまも、そうなっとるんよ。蔵から出したときには、写真とおなじ柄やったんやけど――あっ、そしたら、いっぺんもとの柄に戻っとったってことやんな」

蔵に入れているあいだに戻ったのか、それとも――。

「芙二子さんが、戻さはったんやわ」

敏子が、ゆっくりうなずきながら言った。

「お祖母ちゃんが……？」

「気味悪うて、捨てようと思うたんよ、この着物。せやけど芙二子さんがな、それやったら譲ってくれへんかて言うもんやから、あげたんや。そしたら、何日かして芙二子さん、言うたんよ。――『着物の柄、もとに戻ったえ』て」

「ど――どうやって？」

鹿乃はあわてて問う。

「『あべこべにしたら、ええんよ』て芙二子さんは笑《わろ》うてはったけど、ようわからんわ。ちょっと、変わった人やったしなあ」

あべこべ……？　鹿乃は首をひねる。

「もとに戻ったいうても、やっぱり気味悪いやろ。せやから返してもらおうとは思わんかったわ。なんや、ふたり分の怨念《おんねん》が、つまっとるような気がしてなあ……」

「あれは先妻さんと後妻さんの、車争いなんやろか」

三好家の玄関を出て、鹿乃はつぶやいた。

先妻と後妻、ふたりの妄執が、着物にとり憑いているのだろうか。

慧は何か考えこむように黙っている。鹿乃は尋ねた。

「『あべこべ』て、なんやと思う？」

「逆、ってことだな」

「それは、わかるけど」

何を逆にするのだろう？

考えながら門までの飛び石の上を歩いていると、慧は足をとめて手をさしのべてきた。

「考え事をしながら歩いてると、転ぶぞ。ほら」

「あ……ありがとう」

手を重ねると、慧はごく自然な力加減で鹿乃を引っ張っていく。むかしからよくこうして手を引いて歩いてくれていたので、慣れているのである。

慧の手はむかしとすこしも変わらない、と思う。むかしもいまも、大きい。鹿乃の手は、小学生のころよりずっと大きくなったはずなのに、その差はすこしも、縮まらない。

隣を歩く慧を、鹿乃はそっと眺めた。慧は黒のVネックのニットにチャコールグレーのパンツを合わせて、その上に黒のトレンチコートをはおっている。むかしから大体いつでも、黒っぽい格好を好む人だ。またそれがよく似合う。

――ぶっきらぼうに見えて、案外、よく気のつく人だと知ったのは、いつだったろう。

こうして、手を引いてくれるような。

ぼんやり慧を見あげて歩いていたら石につまずいたので、ほらな、とすべてを見透かしたように慧は微笑した。


お彼岸《ひがん》に作りすぎて、と安代からおすそわけにもらった牡丹餅《ぼたもち》を仏壇にそなえてから、鹿乃は広間へ向かった。良鷹はあいかわらず寝転がっている。向かいのソファに慧が腰をおろしていた。

鹿乃は衣桁にかけてある着物を見やり、がっかりした。やはり、源氏車は壊れたままだ。

用意してきたお茶と牡丹餅をテーブルに置くと、寝そべったまま良鷹が手を伸ばそうとしたので「お兄ちゃん！」と叱《しか》りつける。良鷹はのそりと起きあがった。

「叱り方がお祖母ちゃんに似てきたなあ……」

などとぼやきながら、良鷹は牡丹餅に箸《はし》をつける。

「――『あべこべ』って、なんやと思う？」

敏子から聞いた話をして、鹿乃は慧に言ったのとおなじ問いを良鷹にした。

「さあなあ」

良鷹は、もそもそ牡丹餅を食べながら言う。

「俺より、おまえのほうがお祖母ちゃんの感性に近いやろ。俺が考えてもわからんわ」

「そやろか……」

ううん、と鹿乃は考えこむ。

「俺やったら、まず三好のばあさんから着物はもらわんからな」

「なんで？」

「俺、あのばあさん嫌いやねん。エゴのかたまりみたいな人やないか」

「そこまでやないと思うけど……」

「鹿乃はお祖母ちゃん子やから、年寄りに甘いねん」

「お兄ちゃんは、そもそも好きな人がほとんどおらんやないの」

「友だちは俺しかいないしな」

慧が口を挟む。

「おまえ、人のこと言えるんか」

どっちもどっちだ。ふたりそろって、気難しい。

「——しかし、あべこべか……」

慧は長い脚《あし》を組んでソファにもたれかかり、衣桁の着物を眺めている。なぞなぞみたいだな、と言う。

「なぞなぞ?」

「鹿乃だってよくやるだろう、俺に」

「ああ、着物の?」

コーディネートのテーマを問うやつだ。

「——六条御息所《ろくじょうのみやすどころ》のな」

急に話が飛んで、鹿乃は首をかしげる。

「車争いのあと、葵上《あおいのうえ》に物の怪がとり憑くだろう」

「六条御息所の生霊やろ？」

「ああ。――だが、紫式部《むらさきしきぶ》が詠《よ》んだ歌に、こんなのがある」

と、慧は和歌を一首、そらんじた。

亡き人に　託言《かごと》はかけて　わづらふも　おのが心の　鬼にやはあらぬ

「先妻の物の怪を、祈禱《きとう》で追い払おうとしている男を描いた絵を見て詠んだ歌だ。『亡き人』というのが先妻、『託言』は言い訳とか、言いがかりって意味だ。かこつける、の意だな。『心の鬼』は、気の咎《とが》め。良心の呵責《かしやく》だ」

「ええと、つまり――先妻の物の怪なんておらんのに、自分にやましい気持ちがあるからそう見えるだけやろ、っていう意味？」

「そうだ」

「なんやえらい、現実的ゆうか、いまどきな考え方やな」

平安時代といえば、何かにつけ怨霊だの物忌《ものい》みだのを重んじるイメージがあったから、そんな考え方をする人がいたというのが驚きだった。しかもそれが、あの六条御息所を生みだした紫式部だというのだから。

「そう思って葵の巻の、生霊事件あたりを読んでみると、またおもしろい。物の怪に苦しめられる葵上に、周囲の人はな、噂《うわさ》をするんだ。御息所は葵上に対する恨みもきっと深い、だから物の怪は彼女なのではないか、と」

「噂……？」

「ああ。年下の男に入れあげたあげく、本妻にとり憑いている——そんな噂は、プライドの高い御息所にとって耐えがたい恥辱《ちじょく》だ。それに葵上を恨んでいるのは事実だから、『そんなことはない』と噂を突っぱねられないんだな。『ひょっとしたら』と自分で自分を疑って、精神的に追いつめられていく。光源氏《ひかるげんじ》のほうはといえば、噂を表面上は否定しつつも、現れた物の怪の様子を見て御息所だと直感する……」

鹿乃は、さきほど慧が言っていた『心の鬼』の話と照らし合わせてみる。

「光源氏は、御息所に冷たくしとったやろ。そのやましさがあるから、御息所の生霊やなんて思うんや、ていう風にも言えるてことやんな」

慧は、正解を出した生徒を褒《ほ》めるように、唇の端をあげてうなずいた。

「御息所を物の怪に仕立てあげたのは、そうした源氏の『心の鬼』と、人々の噂だったのかもしれない、と思えるだろう」

ふうん、と鹿乃はつぶやく。そういった見方をしてみると、おそろしい怨霊のイメージがあった六条御息所も、あわれな被害者に見えてくる。

「見方を変えると、まるで違ったように見えておもしろいもんやな。——それにしても慧ちゃん、くわしいなあ。専門、近世やのに」

「あのな、歴史はつながってるんだぞ。文学や文化もだ。ひとところだけ知っていればいいというものじゃない。とくに『源氏物語』は後世の芸能や文学の題材にも使われてるんだ。研究者としちゃ避けては通れない」

「でも、なんで急にそんな話？」

慧は、すっと目を細めて着物を見つめた。

「なんとなくな。敏子さんの話を聞いていて、思い出した」

「ふうん……？」

鹿乃も着物に目をやる。いくら眺めてみても柄に変化はなかったし、『あべこべ』の答えも浮かんではこなかった。

その夜、風呂からあがった鹿乃は、本棚《ほんだな》から一冊の文庫本を引き抜いて、ベッドに寝転がった。

「葵の巻、葵の巻……」

『源氏物語』のうちの一冊である。作家が訳したたぐいのものではなく、原文と現代語訳がついた教科書のような本だ。慧の話を聞いて、読み返してみようと思ったのだった。手っ取り早く、訳文のほうのページをくる。

ちなみに、この本をふくめた『源氏物語』全巻は、高校の入学祝いに慧がくれたものだ。じつに慧らしい贈りものである（ちなみにこのとき良鷹がくれたのは珍妙な招き猫の置物で、祖母がくれたのは七宝《しっぽう》の帯留めであった）。

鹿乃はこの話に出てくる個性豊かな女性たちが好きだし、その恋愛模様にも夢中になって読んだけれど、肝心《かんじん》の光源氏だけは、どうにも好きになれなかった。男性と燃え上がるような恋などまだしたことがない鹿乃だから、彼が浮気で女泣かせの男にしか思えないのかもしれない。こうして読み返していても、車争いの件で光源氏が葵上を批判していると ころなどを読むと、「誰のせいでこうなったと思とんねん」となんだかむかむかしてくる。

鹿乃がもっと大人の女性になってから読めば、彼の魅力もわかるようになるのだろうか？

「慧ちゃんのほうが、よっぽどええ男やで……」

ぶつぶつ言いながらも読み進める。なるほど慧の言った通り、葵上にとりついた物の怪の噂を耳にして、御息所は追いつめられていく。彼女が思い乱れていくさまは、生々しくもあり、あわれでもあった。

葵上の祈禱のために焚《た》かれていた芥子《けし》の香《か》が、髪を洗っても着替えても消えない、なんていう描写にはぞっとした。生霊となって葵上のもとを訪れていた証拠のようなものだ。取り乱さずにはいられないだろう。それでも御息所は世間の噂を気にして誰にも相談できずに、ひとり苦しむ。

「御息所さんは、かわいそうやなあ……」

読み終えて、鹿乃はつぶやく。本棚に本を戻そうと立ちあがり、窓の外をふと見れば、離れの縁側に慧が腰をおろしているのが見えた。母屋と違い、離れはむかしながらの日本家屋である。慧は、パジャマ代わりの部屋着にカーディガンを羽織っただけの姿だった。

「ああ、また慧ちゃんは……！」

鹿乃は膝掛《ひざか》けをさっと手にとると、急いで部屋を出た。

「慧ちゃん、風邪《かぜ》ひくよ」

母屋を出た鹿乃は、ぱたぱたと縁側に駆けよって膝掛けをさしだした。

「いつも言《ゆ》うてるやないの」

慧は、論文の続きを書いているのだろう、膝の上でノートパソコンを開いている。かたわらにはビールの缶が置いてあった。

慧はこうして夜によく縁側で仕事をしているのである。夏はいいが、こんな春先ではまだまだ寒い。

「桜が咲きはじめてたんでな」

と、慧は缶ビールを傾けながら庭のほうを指さす。庭には様々な木が植えられているが、離れの前に大きな桜の木が一本ある。ソメイヨシノである。見れば、枝先のつぼみがいくつかほころんでいた。

「ひとりで花見？　さみしいことせんといて」

「そのうちおまえなり良鷹なり、来るだろうと思ってた」

慧は鹿乃を見てちょっと笑う。鹿乃はどきっとして目をそらした。

「……来《き》いひんかったら、ひとりやん」

「来たじゃないか」

それはそうだが。鹿乃は困り顔で慧を見返した。

「慧ちゃんな、さみしかったら呼んでくれたらええねんで。そんな黙って待っとらんと」

慧はからかうような笑みを浮かべる。

「へえ、いっぱしの口をきくようになったな。鴨川の飛び石を飛ぼうとして思いきり川に落ちてた、どんくさいガキだったのが」

「そ、そんなん小学生のころの話やん。それにどんくさいんとちゃう、あれは目測を見誤《みあやま》っただけや」

「二回も三回も『見誤る』から、どんくさいんだよ」

「三回とちゃう、二回や！」

「三回目は、俺が寸前でとめたんだっけな」

しょうもないことばっかおぼえとって、とむくれながらも、鹿乃は慧の隣に腰をおろした。慧にあげた膝掛けを半分奪って、自分の膝にかける。

こういうときには、そばにいてあげないといけないような気分になる。慧は時々、ひどくさびしがりになるのだ。そのくせ、自分からはそんなこと言わない。

「……『源氏物語』、読み返しててん」

「ほう」

「御息所さんてな、かわいそうやな」

「御息所さんて……近所にいそうだな」

「わたし、光源氏はやっぱり好きちゃうわ」

「へえ。どうして」

「浮気者やし、それに……」

鹿乃は膝を抱えて、桜を見あげた。

「源典侍《げんのないしのすけ》て、出てくるやろ」

「ああ。あのおばあさんな」

「そう、おばあさん」

源典侍は、ひどく若作りのおばあさんなのだが、好色で、年甲斐《としがい》もなく光源氏に言い寄る役どころである。道化《どうけ》役だ。この愛嬌《あいきょう》ある老婆《ろうば》(現代の感覚からすると、まだまだ老婆という歳ではないのだが)が出てくると場面が明るくなって、楽しいのだが。

「光源氏と源典侍が眠っとるところに、頭《とう》の中将《ちゅうじょう》が悪ふざけで忍びこんでくる場面があるやん」

頭の中将は、光源氏の友人だ。彼は、ふだん取り澄ましている源氏をひとつからかってやろうとして、源氏と源典侍との閨《ねや》にやってくるのだ。

逢瀬《おうせ》のあとの閨にとつぜん誰かが入ってきたら、それはびっくりする。しかも夜の闇《やみ》のなかだから、誰がやってきたのかわからない。源氏は相手が典侍の長年の恋人、修理《すり》の大夫《かみ》だと思って、あわてて寝乱れたままの格好で屏風《びょうぶ》の裏に隠れる。べつの恋人と鉢合《はちあ》わせして面倒事になるのを避けたい、というよりは、こんなおばあさんと懇《ねんご》ろになっているところを見られるのが恥ずかしいからだ。

狼狽《ろうばい》している源氏に調子に乗った中将は、典侍の恋人が嫉妬《しっと》して踏みこんできたようなふりをして、暴れる。それにあわてふためく典侍が滑稽《こっけい》で、中将は吹きだしそうになる。

結局、源氏は相手が友人の中将だとわかると、「なんだ、からかいに来たんだな」とほっとして、ふざけ合い、冗談を言い合って帰っていく。典侍は、ほったらかしで。

鹿乃は、この場面の光源氏も頭の中将も、好きではない。

典侍からすれば、逢瀬のあとを悪ふざけでめちゃくちゃにされたあげく、恋人は自分をまるで気に留めずその悪友と楽しげに帰っていく。あんまりだと思う。

「光源氏も頭の中将も、源典侍をなんやと思とるん、て気分になるんよ。中将は、これが典侍やなかったら、閨に踏みこむなんて真似《まね》せえへんやろ。身の程《ほど》を知らん若作りのおばあさんやから、失礼な真似してもええの？　ふたりでふざけ合って帰ってくところなんて、典侍はまるきり無視されとるやん。ひどいわ」

「ふたりはいたって無邪気《むじゃき》なだけに、よけい典侍はみじめだろうな。若さゆえの残酷ってやつだ」

と慧は評する。

「あそこ読んどると、源典侍がかわいそうになってくるんよ……いややわ」

源典侍に迫られて光源氏がたじたじになっているところを見るのは、おもしろおかしくて楽しい。けれど、この場面での典侍は、ただ貶《おとし》められて笑い者にされているだけのようで、胸が痛くなってくるのだ。

「お祖母ちゃん子の鹿乃らしいな」

と言って慧は鹿乃の頭をわしわしとなでる。

「もう、髪がぐしゃぐしゃになるやんか」

鹿乃は乱れた髪を直しながら、うつむいた。

「……お祖母ちゃん子て言うけど、わたし、お祖母ちゃんにちっともやさしなかったと思うわ」

「そうか？」

「よう反抗したもん。入学式とか授業参観とか、お祖母ちゃん来るのがいやで来んでええて言うたし、お弁当のおかずが煮物なんが年寄りくさくていややて言うたし……まあ、そのぶん、たっぷり怒られたけど」

『来んでええとはどういうことや』とか『作ってもろといてその言いぐさはなんや』とか、祖母は気が強いうえに口が達者だったから、言い合いをして鹿乃が勝てたためしはなかった。たいてい、最後には鹿乃が泣いて謝っていた。でも、そうしたあと学校の行事には良鷹が来るようになったし、お弁当は、カラフルになった。結局のところ、ほんとうの意味で弱かったのは、祖母のほうだった。

「……」

あとになって気づくことは、いくらでもある。それだから、何度もなんども立ちどまって、ふり返らずにはいられないのだろうか。

「……いまでもな、お祖母ちゃんが、おる気がするんよ」

鹿乃は、抱えた膝を見つめた。

「朝になると台所でお味噌汁作ってるんちゃうかなて思うし、べつの部屋におるだけなんちゃうかなとか——一年もたったのに、変やろ」

「そんなもんだろ」

慧は空を眺めて、なんでもないように言う。

「……慧ちゃんも、そうやった?」

慧の母親は、彼が中学のときに亡くなっている。

「そうだな」

とだけ言って、慧は星を眺めている。

母親の死後、慧は親戚《しんせき》の家をたらい回しにされたのだと、これは良鷹から聞いたことだ。親戚の家を転々としていた慧が、どんな気持ちでそのころを過ごしていたのか、鹿乃にはわからない。

慧がよく気のつく人なのは、まわりに気を遣《つか》わなくてはならないような暮らしをずっとしてきたからなのだろうと、そう思うと、鹿乃はどうしようもなく謝りたいような気持ちになる。彼のそのやさしさをうれしく思うことが、悪いことのように思えて。

鹿乃は目を閉じた。どこか遠くで、救急車のサイレンが鳴っている。


こうして慧《けい》の隣でぼんやりしていると、鹿乃《かの》は、きまって思い出すことがある。

蟬《せみ》の抜け殻《がら》だ。

慧はたぶん、もう忘れてしまっているだろうけれど。

何せ、十年も前のことだ。――慧が野々宮《ののみや》家《け》で下宿をはじめて、ひと月ほどたったころのことだった。

鹿乃はそのころ、いらいらしていた。

祖母は、慧を気に入って下宿させただけあって、彼の面倒をよく見ていた。世話好きだったのだ。慧はといえば、人にかまわれるのが苦手らしく、困惑《こんわく》していたようだった。が、ひと月もすると慣れたようで、ふたりはほんものの祖母と孫のように仲良くなっていた。

それが、鹿乃は気に入らなかったのだ。祖母をとられたような気がした。ようは、嫉妬《しっと》していたのである。とはいえ、小学生だった鹿乃は、自分の気持ちが嫉妬だとはわかっていなかった。ただ、慧と祖母が親しげにしているところを見るのがいやだった。

それだから、鹿乃は慧につんけんした態度をとっていたし、祖母にも何かと反抗しては叱られていた。

その日も、何か祖母を怒らせて、叱られたのだと思う。庭の桜の木の下で、鹿乃は泣いていた。すると、そこに慧がやってきて、ぽつりと言ったのだ。

『ごめんな』

そう言われて、鹿乃は当惑した。なぜ慧が謝るのか、わからなかったからだ。とまどいながらふり向いて、鹿乃ははっとした。

慧は、よりどころない表情をしていた。ひとりぼっちの野良犬のような、さびしげな目をしていた。

慧はそれ以上何も言うことなく、きびすを返して離れのほうへ戻ろうとした。

その瞬間、鹿乃は猛烈に『どうしよう！』と狼狽《ろうばい》したのをおぼえている。

慧はこの家を出ていくつもりなのではないかと、なぜかそう思ったのだ。訊いてみたことはないけれど、たぶん、ほんとうにそうだったのではないかと思う。慧は、鹿乃が嫉妬しているのに気づいていた。とつぜん家族に割りこんできた〈よそ者〉に対する反感だとか嫉妬だとかを、彼は経験上よくわかっていたのだ。

『ま……待って！』

鹿乃は、とっさに慧を呼びとめた。嫉妬なんかはどこかへ吹き飛んでしまって、ただ、慧をどこにも行かせてはいけないと、焦《あせ》るような気持ちで思った。彼を悲しませてはいけないと、不思議な使命感にかられていた。

いま思えば小学生が大学生に対して思うようなことではないが、とにかくそういう、激しい思いがわきたって、鹿乃は部屋に駆けこむと、小さな箱を持って彼のもとに戻った。

鹿乃が厚紙で作った、粗末な箱だった。

『これ、あげる』

捧《ささ》げ持つようにして、鹿乃はその小箱をさしだした。なかにあったのは、糺《ただす》の森で遊んでいるときに見つけた、蟬の抜け殻だった。飴色《あめいろ》の、薄いうすい抜け殻で、ふっと息を吹きかけたらこわれそうな、美しいものだった。祖母にも内緒にしていた、鹿乃の宝物だった。

慧はしばらく驚いたように抜け殻をじっと見つめていた。それから、『ありがとう』と言って、小箱を大事そうに両手で包みこんだ。そのしぐさが、鹿乃にはとても、うれしかった。それが鹿乃の一番の宝物だということを、彼は理解したのだ。

思うに、その当時、慧はふらりといなくなってしまいそうな危なっかしいところがあって、それだから祖母も彼を気にかけて下宿させたのだろう、と思う。その危うさに、鹿乃ははらはらとして、ほうっておけない気持ちにさせられたのだ。傷ついた野良犬を見た思いだった。

いまでは慧もすっかり大人の男性になって、さすがにそんな危うさはなくなったけれど、鹿乃は、そのときの慧が忘れられない。鹿乃は、たぶん、そのとき、慧を好きになった。ときめく、というのとは、違っていた。けれど、『ごめんな』と言った彼の顔が、その声が、大事そうに小箱を持った様子が、鹿乃の胸の奥深くを貫《つらぬ》いて、いまだにその切っ先が、抜けてくれないのだ。

「……あれ」

遠くで聞こえていた救急車のサイレンの音が大きくなってきて、鹿乃は目を開けた。夜の背景の一部だった音が、急にふところに入ってきた感じがする。

「救急車の音、近いなあ」

「……こっちの方角に来てるな」

そんなことを言っているうち、家の前をとうの救急車が通っていったので、びっくりした。思わず立ちあがり、門のところまで駆けよる。錬鉄《れんてつ》の瀟洒《しょうしゃ》な門を開けて顔をのぞかせると、近所の家の前に救急車はとまっていた。

「……三好《みよし》さんとこや」

家のなかから、誰かが担架《たんか》で運びだされたようだった。鹿乃は暗闇《くらやみ》にじっと目をこらす。門灯《もんとう》はあるが、遠目ではよく見えない。

「敏子《としこ》おばあさんやろか」

いつのまにか隣に来ていた慧を見あげて、鹿乃は言う。臥《ふ》せっていた敏子が思い浮かんだ。具合が悪くなったのだろうか。

「それが一番、ありえそうだが」

と慧も言って、走り去っていく救急車を見つめている。

事情を訊きに行きたかったが、迷惑になるだろう、と思って鹿乃は門を閉じる。

家に戻ったあとも、サイレンの音がずっと耳のなかで響いているようだった。

「やっぱり、昨夜の救急車、敏子おばあさんやったみたい」

慧の机にお茶を置きながら、鹿乃は言った。

パソコンに目を向けたまま、へえ、と慧は相槌《あいづち》を打つ。

敏子のことは、回覧板を持ってきたお隣さんが教えてくれたのだった。

「急に具合悪うなったんやて。……わたしらが話聞きに行ったせいやろか。疲れさせたんかな」

「いまはどんな具合なんだ?」

「大丈夫みたい。もう病院から戻ってきとるて。あとでお見舞い行ってこよかな」

なあ慧ちゃん、と鹿乃は湯呑《ゆのみ》を乗せてきた盆を胸に抱く。

「あの着物と、なんか関係あるんやろか」

「関係?」

「あの着物を蔵から出したせいとか、柄が変わったせいで、とか……」

「敏子さんの体調がすぐれなかったのは前々からだろう。寝ついているんだから。枕元に持病《じびょう》の薬もあったぞ」

そうだったろうか。鹿乃は気づかなかった。

「だが――」

慧は思案《しあん》げに湯呑を眺めた。

「着物と無関係、ということでもないだろうな」

「え?」

「が、着物のせいではないだろう」

鹿乃は首をかしげた。

「どういう意味?」

慧は答えず、湯呑に目を落としたままだ。鹿乃はその様子をじっと見つめた。

「……慧ちゃん。昨日からちょっと思てたんやけど、あの着物のことでなんか、気づいたことあるんちゃうの?」

いささか、気になっていたのだ。敏子の話を聞いたあと、慧は何か考えこんでいる風だったし、急に紫式部の和歌の話なんてしはじめるし——。

「いや」

お茶をひとくち飲んで、慧は言った。

「着物のことじゃない。——敏子さんだ」

「敏子おばあさん?」

「ああ……」

慧はまた何か考えるように黙ってしまう。鹿乃はその肩をゆすった。

「慧ちゃん、黙らんといて」

「お、おい！　お茶がこぼれるだろ」

パソコンにかかったらどうするんだ、と慧は青くなっている。

「敏子おばあさんが、どないしたん？　あの着物と関係あるん？」

「それをいま考えてたところなんだろうが」

顔をしかめて言って、慧は立ちあがった。湯呑を置いて、コートを手にとる。

「どっか行くん？」

「考えてるより、訊いたほうが早い。鹿乃、お見舞いに行くって言ってただろ。いまから行くぞ」

「えっ……」

鹿乃はあわてて慧のあとを追う。

「訊くって、何を？」

「たしかめたいことがある。俺が思うに、あれは――あべこべなんだろう」

牡丹餅をもらったお返しとお見舞いをかねて、おいしそうな苺《いちご》をたずさえ、三好家を訪ねた。出迎えてくれたのは、やはり安代《やすよ》だ。見舞いだと告げると、安代は昨夜は騒がしくして申し訳ないというようなことを言った。

「敏子さん、持病があるさかい、時々具合悪くするんよ。昨夜はちょっといつもよりひどかったから救急車呼んだんやけど、病院行ったらようなったわ」

敏子が入院はいやがるので、帰宅したのだという。

「せっかくお見舞いに来てくれたのに、敏子さん、いま寝てはるんよ。ごめんな」

「いえ、お元気ならいいんです」

本人が寝ているのなら出直すしかない。が、慧は安代に「お訊きしたいことがあるのですが」と言って家にあがりこんでしまった。迷惑がられるかと思ったが、近所のおばさま方に妙に受けのいい慧なので、むしろ歓迎される。

通された居間で桜をかたどった上生菓子《じょうなまがし》を出されて、春やなあ、と鹿乃は思った。

「敏子さんは、ご主人の叔母《おば》さまだそうですね」

と、慧は安代に話しかけた。

「ええ、そうや。敏子さんとこには子どもがおらんかったから、ご主人が亡くなってからこっちで暮らすようになったんよ。うちは舅《しゅうと》も姑《しゅうとめ》ももう亡くなっとるから、敏子さんが姑みたいなもんやわ」

安代の舅というと、敏子の兄である。

「お舅さんと敏子さんの、お母さまのことはご存じですか」

慧が訊くと、安代はけげんそうにすこし首を傾けた。

「まだふたりが若いころに亡くなったて聞いてるけど……？」

「では、継母《ままはは》のことは」

ああ、と安代はうなずく。

「後妻さんな。聞いたことあるわ」

「敏子さんは、ずいぶんひどくいじめられたとうかがいましたが」

そう言うと、安代はなんだか困ったような顔をした。慧はひとつ息をついて、言葉を続けた。

「――嘘なんですね」

え？

鹿乃は、ぽかんとして慧を見つめた。

「う――嘘って、何なん？　慧ちゃん」

答えたのは、安代だった。

「逆なんよ」

「逆？」

「敏子さんが、後妻さんをいびってたらしいんよ」

「え……」

継母が敏子を、ではなく、敏子が継母を。

――あべこべだ。

「舅から聞いたんよ。舅はそのころ東京の学校行ってて、あとで知ったそうやけど――」

後妻は当時、二十歳《はたち》ばかり。夫である敏子の父親よりも、敏子のほうに近いような歳だった。女中あがりだから、令嬢の敏子に頭があがるわけもない。

「後妻さんに直接何かをする、ゆうんやないんやて。自分の体を傷つけたり、服を汚したりしてな、それを、後妻さんにやられた、ゆうて訴えるんやて。使用人かて、それまで女中やった人を、奥さまとは思われへんのやろ。後妻さんの味方してくれる人は、誰もおらんかったらしくてなあ……」

あるときなど、敏子が納戸《なんど》に半日、閉じこめられたことがあった。後妻に閉じこめられたのだと、敏子は泣いて父親に訴えた。

「それも、敏子おばあさんが、自分で……？」

安代はうなずいた。

敏子と使用人が口裏を合わせているものだから、敏子の父親は後妻のしわざと決めつけて叱る。夫がそれでは、後妻は、まったく孤立無援《こりつむえん》である。

鹿乃は、後妻を陥《おとしい》れるために半日納戸に閉じこもり、泣いてかわいそうな継子を演じる少女を想像して、ぞっとした。

その一途《いちず》さに、ぞっとしたのだ。

「結局、後妻さんは耐え切れんと実家に帰ったんよ。そもそも、妾にも後妻にも、なりたくてなった人やあらへんのよ。女中は主人に逆らえんもの。せやのに、継子にも夫にも責められる。そんなん、わたしでもかなわんわ」

安代は眉をひそめた。

「舅はな、後妻さんは気立てのええ娘さんやったから、敏子さんをいじめてたいう話聞いて、なんかの誤解とちゃうかて思たんやて。敏子さんに訊いてもほんまのことは言わへんかったけど、使用人を問いつめたら、そういうことやてわかったて……」

「後妻さんは悪ないてわかったんやったら、戻ってきてもろたらよかったのに」

鹿乃の言葉に、安代は首をふった。

「敏子さんの父親がな、一度出ていったもんを迎え入れる気はないて、さっさと離縁してしもたんよ」

「そんな……」

ひどい。そもそも、すべての元凶は敏子の父親にあるのに。

「ろくでもない男だな」

慧が吐き捨てるように言った。

「父親としても夫としても、救いようのないろくでなしだ」

「け……慧ちゃん」

あけすけな言いように、鹿乃は驚いて慧の袖を引っ張った。安代の前であることを忘れてやしないか。

慧は嫌悪感もあらわな顔をしていた。鹿乃や良鷹《よしたか》の前でならともかく、ふだん、人前で感情をあらわにする人ではない。よほど敏子の父親の仕打ちが許せないのか――鹿乃は、絶縁状態だという彼の父親のことを思った。それがどんな人だか、鹿乃はすこしも知らない。

「……すみません」

われに返ったのか、慧は安代に向かって頭をさげる。安代は苦笑した。

「聞いたときには、わたしもそう思たわ。女中に手をつける時点であかん。そうなってしもたら、女の一生なんてめちゃくちゃやもの。一生、日陰者て後ろ指さされなならん。実家に戻ったところで、妾やった女性への風あたりゆうのはきつかったやろし」

安代は同情するように言う。鹿乃はそれを聞いて、後妻はその後どんな人生を送ったのだろう、と気になった。

「後妻さんは、そのあとどないしはったん?」

「再婚しはったそうや。舅が世話したんよ。父親と妹の仕打ちを申し訳ない思て。舅は気のやさしい人やったさかい」

鹿乃はすこしほっとした。

「再婚してからはしあわせそうで安心したて、舅は言うてたわ。敏子さんにもな、ちゃんと謝ってこいて言うたらしいけど。『なんで女中風情《ふぜい》に謝らなあかんのや』て、敏子さんはきかんかったて」

鹿乃の脳裏に、プライドの高い、女雛《めびな》のような顔立ちの華族令嬢が浮かぶ。その少女は、自分が悪いとはすこしも思っていない。だって、彼女にとっての悪者は、後妻だから。そう思っていたからきっと、どんなひどいこともできたのだ。

安代はひとつため息をついた。

「わたしは敏子さんの気持ちも、わからんでもないけどな。潔癖《けっぺき》な年頃ってあるやろ。事情はどうあれ、自分の母親が亡くなってすぐにお妾さんが後妻に来たら、たまらんわ。許せへんて、思いつめたんとちゃうやろか」

若いうちは、一心に思いつめて無茶するもんやろ、と言う。

「自分が何をやっているのか、よくわからないままに、な」

ぼそりと慧がつぶやく。

――では、それがわかるようになってしまったら？

自分がどれだけ残酷で醜《みにく》かったか、わかってしまったら。

ボーン、と壁の古時計が鳴った。鹿乃はびくりと肩を震わせる。

「ああ、悪いけど、ちょっと敏子さんの様子、見てくるわ」

時計を見あげて、安代は居間を出ていった。

時計の音はまだ続いている。慧が立ちあがり、縁側に出た。ガラス戸の向こうに、庭が見える。大きな池のある、見事な日本庭園だ。満開の辛夷《こぶし》の花が美しい。鹿乃も慧の隣に立って、庭を眺めた。

「慧ちゃん、なんでわかったん？　嘘やて」

「敏子さんから話を聞いたときにな。矛盾《むじゅん》があると気になるたちなんだ」

「矛盾？」

「後妻が敏子さんの言うとおり厚顔無恥《こうがんむち》の性悪女《しょうわるおんな》だったら、せっかく後妻におさまったのに三年足らずであっさりと離縁に応じるか？　気に入っていたはずの着物も帯も、ぜんぶ後妻にとられたんじゃなかったのか？　矛盾してるだろう」

それに、と慧は続ける。

「敏子さんは、家柄や体面というものにそうとうこだわる人だろう。対して、妾だのなんだのってのは、体裁《ていさい》のいい話じゃない。ああいう人にとっては、恥でもあるはずだ。それを強《し》いて訊いているわけでもないのに、べらべらとしゃべりたがるものだろうか」

たしかに、もし鹿乃の父に愛人がいたとしたら、そんなこと、人には言いたくない。饒舌《じょうぜつ》になるのは、隠したいことがあるからだ。——だいたい、おふじさんの孫である鹿乃に、身内の恥をさらしたりしないだろう、敏子さんは」

「どういうこと？」

「おふじさんは、ご近所で、歳も近くて、おなじ子爵家で、そのうえ評判の器量よしだ。敏子さんが彼女に対抗心も劣等感も持っていたことは、言葉の端々《はしばし》からわかるだろう？」

鹿乃は、敏子の言動を思い返してみる。

「敏子おばあさんは、お祖母ちゃんのこと、いつも『器量よし』て褒めてた気、するけど」

「女が美人の容姿を褒めるときはな、たいてい劣等感の裏返しだ。『向こうが美人だからって、ひがんでなんていませんよ』というポーズだよ」

「……慧ちゃんて」

「なんだ？」

「ひねくれとるな」

慧は鹿乃をじろりとにらんだ。

「ともかく、そういう相手の、それもよく似た孫に、自分が劣っている部分を見せたくなんかないだろう。家柄では自分のほうが勝っていることを、誇示《こじ》せずにはいられないくらいなんだから」

鹿乃は、庭を見つめる。外の景色は、すこしいびつだ。ガラス戸が年代物であるせいだ。むかしのガラスというのは、いまのガラスのように、まっすぐきれいなものではない。だから、向こう側がゆがんで見える。

何より、と慧は言う。

「階級意識の強い敏子さんが、もと女中の後妻におとなしく虐《しいた》げられているとは思えなかったんでな」

「……敏子おばあさんは、いま、どう思うてはるんやろ。自分のしたこと」

そのときちょうど、ぱたぱたとスリッパの音をさせて、安代が戻ってきた。

「敏子さん、目ェ覚まさはったけど、会《お》うていかはる？」

鹿乃は慧を見あげた。慧は「はい」とうなずいて、安代についていく。鹿乃もそのあとを追った。

敏子は、今日は臥せったまま、鹿乃たちを迎えた。顔色がやや悪い。

「あの着物、もとに戻ったやろか」

敏子は鹿乃を見あげて、そう尋ねてきた。

鹿乃は首をふる。

「いえ、まだ……」

「そう」

敏子は、ふう、とため息をつく。

「……あの後妻はな、もともと、わたし付きの女中やったんよ。わたしは彼女にな、お菓子分けてあげたり、折り紙買ってあげたり、したこともあるんよ。せやのに、父の妾になって。飼い犬に噛まれた気分やったわ」

敏子は汚いものを見たように顔をしかめた。

「わたしの母は、侯爵家《こうしやくけ》から嫁いできた人やで。その母の着物を、あんな女が着とるのが一番我慢ならんかったわ。分をわきまえるていうことを知らん。せやから……せやからわたしは――」

敏子は興奮したように言葉をつまらせて、浅い呼吸を繰り返した。胸を押さえて息苦しそうにするので、鹿乃はうろたえる。安代があわてた様子もなく近づいて、枕もとにある盆から薬と水をとって敏子にさしだした。敏子が薬を飲むのを見てから、安代はふり向く。

「興奮すると、心臓にようないんよ」

鹿乃は腰をあげる。

「すみません、それやったら、もう――」

「あの着物の、源氏車が」

敏子が荒い息のあいまに、言葉をつむぐ。

「あの破《や》れ車が、あの女に見えて――わたしを責めとるみたいで、いややったんや。わたしは、責められるようなことはしとらん。あの女が悪いんやないか。あの女が――」

敏子は掛布団を握りしめて、天井をにらんだ。薬が効いてきたのか、呼吸が穏やかになって、敏子は目を閉じる。それを機に、鹿乃と慧はそっと部屋を出た。


ガラス戸のはまった縁側を歩きながら、鹿乃は口を開いた。

「……敏子おばあさんは、ほんまは、うしろめたいんやろな」

けれど、それを認めることはできないのだ。それだから、かえって心乱れるのだろう。

昨夜も、あんな風に具合が悪くなったのだろうか。むかしを思い出して。

「『心の鬼』だな」

と、慧が言った。良心の呵責――。

「あの着物は、敏子おばあさんの母親と後妻さんの車争いなんやと思てたけど……敏子おばあさんと後妻さんの思いが残っとる着物なんやろか」

痛めつけられる片方の源氏車、それは敏子の言うように、後妻の姿そのものだろう。

若く残酷な少女時代の敏子の、強い憎悪《ぞうお》の思い。理不尽《りふじん》に虐《しいた》げられる後妻の無念――そんなものが、せめぎあっているのではないかと、鹿乃には思えた。

「そうだとして――おふじさんは、それをどう『あべこべ』にしたんだろうな」

「うーん……」

問題は、そこである。

お祖母ちゃんの考える『あべこべ』ってなんやろ――と思いをめぐらせながら、鹿乃はガラス戸を眺めた。ゆがんだガラスに、うっすらと鹿乃が映っている。

一瞬、ふっと何かが頭をよぎった気がした。

「鹿乃？」

足をとめた鹿乃を、慧がふり返る。

「いま……なんか思いついた気、したんやけど」

慧は鹿乃の視線を追って、庭に目を向ける。

「庭を見てか?」

「……うーん、どやろ……」

わからない。首をかしげて、鹿乃はふたたび歩きだした。


「——せやけど慧ちゃん、ようあの話で嘘て気ィついたなあ」

玄関を出たところで、鹿乃は慧に言った。

「おなじこと聞いとっても、慧ちゃんみたいにはちっとも思わへんかったわ」

「性分《しょうぶん》なんだよ。つい、裏を疑う。——ひねくれてるからな」

慧はちらりと鹿乃を見おろしてくる。

「いややわ、さっき言うたん、根に持っとるん?」

「べつに。事実を指摘されたところで、怒りはしないさ」

すねたような口ぶりに、鹿乃はちょっと笑った。

「慧ちゃんとわたし、おなじもん見とっても、違うもん見とるんやろねえ。おもしろいわ」

そう言うと、慧はけげんそうな顔をした。

「おもしろい？　逆じゃないか？」

「なんで？」

「おなじものを見ているのに、まるで違うとらえ方をしていたら、不安だろう。気が合わないってことだ」

「せやろか」

鹿乃は、首をかしげて、考える。

「おなじもん見とって、別々のとらえ方するんやったら――そっちのほうが、得やない？ひとつのものに、ふたつ、見方ができるんやもん」

慧は驚いたように鹿乃を見たあと、吹きだした。

「得か。関西人らしいな」

「……あんな、慧ちゃん。関西人は関西人てひとくくりにされたら、怒るで」

家につくまでのあいだ、慧は何がそんなにおかしいのか、ひとしきり笑っていた。

——結局、『あべこべ』の意味はわからないまま、その日も過ぎた。

「あべこべ……なあ……」

夜、鏡台の前に座った鹿乃は、鏡のなかの自分を見つめてつぶやく。

あべこべ。逆……。

——おなじもん見とっても……。

ふと、昼間の慧との会話が思い浮かんで、鹿乃は目をしばたたいた。どうして、いま、あの会話が思い浮かんだのだろう。

——おなじなのに、まるで違う。

そうした言葉に、どこかで触れた気がする。

なんやろ、と鹿乃は鏡を見つめる。鏡のなかの鹿乃も、見つめ返してくる。

『鏡に映っとるもんはな、おなじように見えるけど、よう見てみ。あべこべなんや』

とうとつに、祖母の声がよみがえった。

「……あっ」

思わず声をもらした鹿乃は、立ちあがって本棚に向かった。端のほうにあった一冊を抜き出す。子どものころ買ってもらった、児童向けの文庫である。

「――『鏡の国のアリス』」

題名を口にして、その本を開いた。

子どものころ、よく祖母に読んでもらった本だ。字が読めるようになってからは、自分でもよく読んだ。ぱらぱらとページをくって、すぐに見つける。

「ああ、これや」

《いま、向こうがわに見えてる部屋だけど――わたしたちのいるこっちがわと、何もかもそっくり、ただ、あるものがぜんぶ、あべこべになってるの》

アリスが子猫のキティに、鏡に映った像の説明をしている場面だ。

鏡に映っているものは、おなじに見えて、すべてあべこべ。

おなじだけれど、違うもの。

「お祖母ちゃんの言うた『あべこべ』って、こういうこととちゃうやろか……」

つまり――。

鹿乃は鏡をふり返り、考えこむ。しばらくしてからふたたび本棚に向かい、べつの一冊を手にとった。――『源氏物語』である。それを読み返して、鹿乃は、これや、とつぶやいた。

翌朝早く、鹿乃は自分の部屋に例の着物を持ってきた。それをベッドの上に広げておいて、簞笥《たんす》から、象牙色《ぞうげいろ》の地に琵琶《びわ》が刺繡《ししゆう》された帯をとりだす。

「帯留《おびど》めはもう決まっとるし……帯締めはおなじ色にして、帯揚《おびあ》げは何にしよかな……」

ぶつぶつとつぶやきながら、コーディネートを決めていく。決め終えたつぎには、長襦袢《ながじゆ》に半衿《はんえり》を縫《ぬ》いつける。そうして着替える準備を整えてから、鹿乃は離れに向かった。

「慧ちゃん、起きて」

寝間《ねま》の障子《しようじ》をいきおいよく開いて、慧を起こしにかかる。慧は布団のなかに顔をひっこめて、「いやだ」とごく端的に拒絶する。鹿乃はむりやり布団をはいだ。

「なんだってんだ、まったく……」

不機嫌《ふきげん》そうな慧の寝起き顔を、鹿乃はのぞきこむ。

「おつかい頼まれて、慧ちゃん」

「おつかいだ?」

髪をかきあげながら慧は身を起こす。

「三好さんとこ、行ってきてほしいねん。敏子おばあさん、呼んできて」

「敏子さんを?　呼んできて、どうするんだ」

「見せたいんよ。――あの着物の柄がもとに戻るとこ」

慧は目が覚めたらしかった。


慧が三好家に向かってから、鹿乃は用意した着物に着替えた。既婚者《きこんしゃ》の、大人の女性があつらえた着物だから、十代の鹿乃にはいささか不釣り合いである。が、致し方ない。帯を角出《つのだ》しに結んで、衿もとをちょっと直すと、鹿乃は鏡の前でくるりとまわってみた。

「うん、悪くない」

窓の外を見れば、ちょうど慧が門を開けて帰ってきたところだった。車椅子《くるまいす》に乗った敏子を伴《ともな》っている。敏子は大島《おおしま》に丁子色《ちょうじいろ》の唐子《からこ》の帯という出《い》で立ちだ。鹿乃は急いで庭へと向かった。玄関で良鷹と鉢合わせする。

「鹿乃、広間の着物がないねんけど……」

スウェット姿の良鷹は、寝ぼけ眼《まなこ》をこすっている。説明している暇《ひま》がないので、「お兄ちゃんもついてきて」とだけ言って、鹿乃は外へ出た。「なんやねん」とぶつくさ言いながらも良鷹はついてくる。

扉を開けたとたん、強い風が吹きつけて、鹿乃は思わず目を閉じた。三月は、一年のうちで一番たくさん、強い風が吹く月なのだという。庭に出ると、咲きはじめた桜の枝が風にしなっていた。

朝っぱらからなんやの、と言いたげな顔をしていた敏子が、鹿乃の姿を見て目をみはる。

「その着物……」

藤鼠の着物の、源氏車はあいかわらず壊れたままだ。けれど、鹿乃には確信があった。祖母の言った、『あべこべ』というなぞなぞの答え。

「これで、正解やと思うねん」

鹿乃はつぶやいた。

風が、着物の上前《うわまえ》の裾《すそ》をふわりとめくりあげる。

その瞬間、わっと、どこからともなく喧騒《けんそう》が聞こえてきた。荒々しい物音。怒鳴り声に、悲鳴。入り乱れる足音に、木がへし折られるような音――。

そんな音がいちどきにわき起こって、そして、嵐のように通り過ぎていった。風に巻きあげられるようにして。

物音は、遠ざかっていく。薄く、空に透き通るように、消えていく。

——喧騒がすっかり消えてしまってから、慧が、ふしぎそうにあたりを見まわした。

「なんだったんだ、いまの音は」

「車争いの音や」

鹿乃は答えた。「それが、消えてった」

敏子が、食い入るように鹿乃のほうを見ている。車椅子から立ちあがり、ゆっくりと近づいてきた。慧が、はっとしたように言った。

「着物の柄が」

敏子は鹿乃の前で膝をつき、まばたきもせず源氏車を見つめた。

源氏車は、もとに戻っていた。

鹿乃はほっと胸をなでおろした。よかった、正解で。

敏子は呆然《ぼうぜん》と着物を見つめたまま動かない。

「で、正解はなんや?」

良鷹がおもしろがるように言った。

鹿乃は、

「もうひと組の源氏車や」

と答えた。

「もうひと組?」

慧が考えるように腕を組む。

「『源氏物語』の葵《あおい》の巻にはな、車争いの、葵上《あおいのうえ》と六条御息所《ろくじょうのみやすどころ》の車のほかに、もうひと組、車が登場するんよ」

慧が、「ひょっとして」と声をあげた。

「光源氏の車と、女車《おんなぐるま》——源典侍《げんのないしのすけ》の乗った車のことを言っているのか?」

そうや、と鹿乃はうなずく。

車争いがあった後日、光源氏も若紫《わかむらさき》——のちに源氏の最愛の恋人となる少女だ——をつれて車で祭見物に出かける。そこへ登場するのが、若作りのおばあさん、源典侍の乗った車だ。源氏が、車をとめる場所を譲ってくれた女性が気になって声をかけると、源典侍と知って辟易《へきえき》する、コミカルな場面である。

「光源氏と源典侍は、葵の歌をやりとりするやろ。ほら、ここにも源氏車と葵があるんや。この着物は、その場面を表しとるって見ることもできるんや、て気づいたんよ」

そうすると、おなじに見えて、まるで違うものになる。

「車争いの場面は重苦しいけど、そのあとにあるこの場面は明るくて楽しいやろ。――せやからな、あべこべにしたらええ、思たんよ」

「あべこべ……」

「悲しい場面を、楽しい場面に変えてしまうんや。おなじ源氏車やけど、車争いの車やのうて、光源氏と源典侍の車にしてしもたらええ」

腕組みをしたまま、慧がうなった。

「なるほど、それが『あべこべ』の意味か――だけど、どうやって」

言いかけた慧が、鹿乃の姿をあらためて眺める。

藤鼠《ふじねず》の着物に、象牙色の琵琶の刺繡帯。帯留めは、赤い扇《おうぎ》をかたどったもの。帯締めはおなじく赤で、帯揚げは源氏車に使われている色からとって、柳色《やなぎいろ》の絞りだ。半衿もおなじく柳色で、扇模様の刺繡が入っている。

「琵琶の帯に、赤い扇型の帯留め。――そうか、源典侍だな」

鹿乃は、にっこりと笑った。

源典侍は、濃い赤色の地の、派手な扇を源氏と取り交わしている。また、源氏が聴《き》き惚《ほ》れるほどの琵琶の名手である。赤い扇と琵琶。源典侍の、特徴的な持ち物だ。鹿乃の出《い》で立ちは、その扇と琵琶とで、源典侍を表しているのである。

源典侍を登場させることで、この着物の源氏車は、葵上と六条御息所の車から、彼女と光源氏の車へと変わったのだ。

「鹿乃お得意の、見立てだな。それでおなじものを、まったくべつの場面に変えてしまったわけか」

車争いは、なくなった。だから、源氏車は壊れない。

「後妻さんが苦しめられることも、もうない――」

鹿乃の言葉に、敏子の肩がぴくりと揺れた。

「よかった。ずっとあのまんまなんは、気の毒やもの」

上前をちょっとつまんで、鹿乃は着物を見おろす。敏子が立ちあがろうとしたので、鹿乃は手を貸した。敏子はよろめきながら、慧が押してきた車椅子に腰をおろした。

「……芙二子《ふじこ》さんも、似たようなこと、言《ゆ》うてはったわ」

額に手をあてて、敏子はうなだれる。

「『あのままやと、気の毒やさかい』――着物の柄が戻ったて知らせてきたとき、そない言うて」

責められとると思たんや、と敏子は言った。

「わたしが後妻に何したか、ぜんぶ知っとって言うんやと。なんでわたしが責められなあかんのやと思た。あんな着物、二度と見たないて思た……」

せやけど、と言ったきり、敏子は口を閉じてただ源氏車を見つめる。

「お祖母ちゃんが気の毒やて言うたんは、どっちも気の毒やていう意味やと思います」

鹿乃は言った。後妻だけではない、敏子も気の毒だと――鹿乃も思ったからだ。

敏子は枯れ木のような手を伸ばし、源氏車の模様に触れた。壊れていたほうの、源氏車だ。それをそっと、震える手でなでている。

「……わたしが壊したんや。わかっとる」

敏子は顔をゆがめた。

「なんにも、もとには戻らへん」

この着物のようには。

敏子は両手で顔を覆った。

せやろか、と鹿乃は思う。

敏子の『心の鬼』も、当時の後妻の傷も、なくなりはしないのかもしれない。けれど、着物にしみついていたふたりの思いは、こうして解放することができるのだ。

「もとには戻れんでも、先には進めるんとちゃうやろか」

鹿乃は空を見あげた。風が強いから、雲がぐんぐん動いていく。春の風は、世界の向こう側から何か新しいものを運んできてくれる気がする。

敏子もまた、空を見あげた。

*

論文をなんとかひとまず書き終えて、慧は数日ぶりに外に出た。日差しがまぶしい。

散歩のつもりで、ふらりと下鴨本通をくだって、河原町通《かわらまちどおり》に出る。のんびり歩いていると、前方に見知った着物姿の少女を見つけた。鹿乃である。

今日は三つ編みにした髪を、器用にうしろでまとめている。薔薇《ばら》模様の羽織に、絣御召《かすりおめし》。うしろ姿なので、帯はわからない。

どこへ行くのだろう、と声をかけるにはいささか遠かったので黙って見ていると、道沿いにある老舗《しにせ》の和菓子屋に入っていった。和菓子を買いに来たようだ。豆大福が有名な店である。正確には、豆餅《まめもち》というそうだが。

「あれ、慧ちゃん」

鹿乃が商品を手に店を離れたところで、慧は追いついた。

「論文、終わったん？」

「ああ」

「ほんなら、ちょうどええ。帰ってこれでお茶にしよ」

と、店の袋を開いて見せる。のぞきこめば、パックに豆餅が六つばかり、入っていた。三人分にしては、多い。

「誰がこんなに食べるんだ？」

「わたしがみっつ、慧ちゃんとお兄ちゃんがひとつずつ、お祖母ちゃんにひとつ」

鹿乃が指を折りながら説明する。仏壇にそなえたものは、いつもあとで鹿乃が食べている。ということは、鹿乃のぶんは、四つだ。

「……食べすぎだろ」

「春やから、ええねん」

意味がわからない。鹿乃の理屈は、時々謎だ。

「ひとつはな、鴨川のほう寄って食べてこ、思てたんよ。慧ちゃん、行く？」

散歩にちょうどよさそうだ。ああ、とうなずくと、慧は豆餅の入った袋を鹿乃の手からとって、歩きだした。

「ありがとう。――慧ちゃん、散歩中やったん？」

「ああ。健康的だろ」

鹿乃は笑った。この少女が笑うと、ぱっと光がはじけたようになる。むかしから、まったく変わらない。

鹿乃が小学生のころからいっしょにいるせいか、慧の目には、いまだにそのころの面影《おもかげ》が消えていかないように思う。

「慧ちゃん、ほら、今日のテーマ、何かわかる？」

川べりにおりると、鹿乃は慧の前で両手を広げて着物を見せた。今日のなぞなぞは、難しくない。正面からひと目見たときに、すぐわかった。

白地にモダンな薔薇模様を描いた羽織。白と赤と黒を組み合わせた絣御召。そして、若草色の地にトランプ柄の染め帯。帯留めは、うさぎ。

「『不思議の国のアリス』だな」

鹿乃はうれしそうにうなずいた。

「トランプ柄のな、羽織やと思いこんどったら、帯やってん。帯の抽斗《ひきだし》で見つけたんよ」

鹿乃は、以前から着物好きではあったが、こうして休みになると毎日のように着物で過ごすようになったのは、彼女の祖母が亡くなってからだ。

祖母を身近に感じていたいのだろう、と思う。鹿乃の着物は、ほとんど祖母からのおさがりだ。そうして祖母の喪失《そうしつ》と折り合いをつけているのだろう。ぽっかりと開いた穴をうめるのは、容易ではない。

「慧ちゃんも食べる？」

「いや、いい」

川べりのベンチに腰かけて、鹿乃は豆餅を食べだした。

川沿いにある桜は、三分咲《さんぶざ》きといったところだった。ほどよい陽気で、ボール遊びをしている親子や、花見を楽しむ人々の姿がある。まだ午前中だったが、旅行者もちらほらといた。川の流れは穏やかで、春の陽ざしが水面《みなも》にきらめいている。

このあたりは賀茂川《かもがわ》と高野川《たかのがわ》が交わって、鴨川《かもがわ》になるところである。その合流地点の突端にあたる河原は、飛び石で両岸と行き来できるようになっている。この三角形の河原を慧たちは大学生のころから〈鴨川デルタ〉と呼んでいたが、ほんとうの地名がなんであるか、いまだに知らない。

「――敏子おばあさん、今度会いに行くんやって。後妻さんに」

豆餅を頬張りながら、鹿乃が言った。

へえ、と相槌を打つ。

後妻は、存命だったのである。会いに行くと決めたら、敏子はめっきり元気になって、寝つくこともなくなったそうだ。

戻れなくても進むことはできる――という、単純とも言えるが、まっすぐ空を目指して伸びていく若竹のような鹿乃を、慧はまぶしく思う。

ちらりと、慧は隣に座る鹿乃を見た。

小学生のころから変わらない、と思ういっぽうで、時折はっと、その横顔に大人びた様子を感じることがある。そんなときには、妙な焦燥《しょうそう》にかられる。鹿乃が、見知らぬ女性に変わっていくような気がするからだ。さなぎをやぶって、蝶が生まれるように。あるいは──蟬が羽化するように。飴色《あめいろ》の殻《から》を割って現れる蟬は、淡い青磁色《せいじいろ》をしていて、息をのむほど美しい。

「……空蟬《うつせみ》、か」

知らず、慧はつぶやいていた。

「空蟬？」

鹿乃がきょとんとした顔で慧を見あげる。

「『源氏物語』に出てくる？」

「いや。──鹿乃が、蟬の抜け殻をくれたことがあったろう」

鹿乃が目をぱちくりさせる。

「おぼえとるん？」

「ああ」

鹿乃は、はにかむようにうつむいた。

あの空蟬は、慧があの家の一員となることを、鹿乃が認めてくれたあかしだと思っている。あれは、あのころの鹿乃にとって、宝物だったのだろう。うれしかった。慧は、いまでもあの抜け殻を、あの小箱ごと、大事にとってある。

けれど、と思う。

——源氏に薄衣《うすぎぬ》だけを残して逃げていった空蝉のように、いつか、鹿乃もこの手をすり抜けてどこかへ行ってしまうのだろうか。

慧に、空蝉だけ残して。

ぼんやりとした寂寥感《せきりょうかん》におそわれて、慧は、首のうしろあたりを掻《か》いた。妙な気分だった。

なあ慧ちゃん、と鹿乃が口を開く。

「『不思議の国のアリス』は、もとはリデルさんとこのアリスちゃんたちに聞かせるために作った話やろ」

まるで近所の話をしているかのように鹿乃は話すが、リデル家のアリス嬢をふくむ姉妹たちに語られた話が、『不思議の国のアリス』のもとになっているのは事実である。

「せやけど、『鏡の国のアリス』が作られたころには、アリスちゃんはもう、童話の必要な歳やなかったんやんな」

「たしか、『鏡の国』が出版されたのは、『不思議の国』の六年後くらいだったか。それだと、もう小さな子どもじゃなくなってるな」

それがどうした、と鹿乃を見れば、鹿乃は慧をのぞきこむようにして、言った。

「せやからな、子どもは、成長するんやって話や。いつまでも、小さい子どもとちゃうねんで。アリスも、若紫も、――わたしも」

そう言った鹿乃の顔が、はじめて見るような美しい女性のものに思えて、慧は目をみはった。言葉をなくして、その顔を見つめる。

鹿乃は立ちあがり、川のほうへと走っていった。鴨川デルタと岸とをつなぐ飛び石に、ぴょんと飛び乗る。ひとつ、ふたつ、飛び石を渡ったところで、鹿乃はふり返った。笑顔で手をふってくる。水面《みなも》を輝かせる陽とともに、それはとてもまぶしく思えて、慧は目を細めた。

牡丹と薔薇のソネット

新学期である。

クラス分けの発表があり、始業式があり、担任の先生の簡単なあいさつがあったあとには、さっそく実力テストが待っていた。

全体的にまずまずの出来であろう、とテストを終えてひと息つく鹿乃《かの》の斜め前の席で、友人の三輪梨々子《みわりりこ》が情けない声をあげた。

「ヤマはずれてもうたァ」

ボブにしたふわふわの胡桃色《くるみいろ》の髪と赤いセルフレームの眼鏡《めがね》がトレードマークの梨々子は、ぐったりと机に突《つ》っ伏《ぷ》している。

「そもそも実力テストでヤマをはるのが間違ってるでしょ。定期テストとは違うんだから」

鹿乃のすぐうしろの席から醒《さ》めた声を投げかけたのは、やはり友人の鉢木奈緒《はちのきなお》である。背中まで伸ばしたストレートの黒髪と涼やかな一重《ひとえ》まぶたの奈緒は、校内きってのクールビューティーとして名高い。

「そりゃ、なっちゃんくらい頭よかったらヤマはる必要あらへんけどさ」

「わたしは頭いいんじゃなくて、勉強してるだけ。リコは勉強してないだけ」

奈緒はすました顔で答える。「これでも勉強したんやで、三日前から」などと言いながら、梨々子は鹿乃の隣の席へと移ってくる。

「鹿乃はええよな、大学の先生が家庭教師やもん」

「慧《けい》ちゃんは家庭教師とちゃうよ」

「わからん問題あったら教えてくれるんやろ、おなじようなもんやん。あたしも慧ちゃんみたいな先生がおったら、はりきって勉強するんやけど」

「慧ちゃんは厳しいで」

「そこがええんやん」

中学からの友人である梨々子は、鹿乃の家で慧とたびたび顔を合わせている。

「『慧ちゃん』って、八島《やしま》先生だよね？　文学部の」

奈緒が訊《き》いてくる。両親ともに東京《とうきょう》出身の彼女は、関西弁を話さない。梨々子と違い、奈緒とは高校に入ってから親しくなった。というのも、中高一貫教育のこの学校で、奈緒は高校からの編入組だったためだ。キリスト教主義のこの学校は、隣の敷地にある大学の付属校のひとつであり、そしてその大学に勤めているのが、慧である。ちなみに中高ともに女子校だが、大学は共学だ。

「お姉ちゃんが、いま八島先生の講義とってる」

「そうなん?」

鹿乃は身を乗りだした。

「人気の先生らしいよ。レポートの採点はからいけど、講義は面白いし、質問すれば丁寧《ていねい》に教えてくれて親切だって」

「へええ……」

慧の評判がいいらしいことに、鹿乃はほっとした。慧は無愛想《ぶあいそう》だしぶっきらぼうだし、いつも黒っぽい格好でいるから近寄りがたい感じがするうえ、整った顔立ちをしているけれど切れ長の目が冷たそうに見えるので、敬遠されてやしないかと思っていたのだ。

そんなことを言うと、わかってないなあ、と言いたげに梨々子が首をふった。

「せやから、そういうとこがええんやないの。慧ちゃん、女生徒にもてるやろ?」

と、これは奈緒に向かって言う。

「さあ。そこまで聞いてない」

奈緒は筆記用具を鞄《かばん》にしまいながら、淡白に答える。

「若くてかっこいい先生だって、お姉ちゃんは騒いでたけど」

ほらな、と梨々子は鹿乃を見た。

「『敬遠されてないか』なんて心配しとる場合とちゃうで」

梨々子も奈緒も、鹿乃が慧にほのかな想《おも》いを抱いていることは先刻承知である。鹿乃はもごもごと口ごもった。

「鹿乃はそのへん、のんきやからなあ」

「のんき……」

これでもしっかり者のつもりなのだが。

「どんくさいしね」

と、奈緒がすかさず言う。

「ちょ、ちょっと、なっちゃんまで。ひどいわ」

「このまえ四条《しじょう》に買い物に行ったら、鹿乃だけ人混みに流されて迷子になってたよね」

「地元で迷子って」

うぐぐ、と鹿乃は言葉につまる。観光地である京都《きょうと》は、休日にはどこへ行っても人が多いが、とくに四条通のあたりは混雑する。小柄《こがら》な鹿乃は人波にもまれて、奈緒たちを見失ったのだ。

「あれはわたしの背が低いせいであって、どんくさいからじゃありません」

そう抗議したが、ふたりとも「はいはい」と笑っている。悔《くや》しい。

「わたしの身長は、お兄ちゃんが持ってってしもたんや……」

鹿乃はぶつぶつとぼやく。兄の良鷹《よしたか》は縦《たて》に長い。偏食《へんしょく》するせいでひょろりとしているから、よけいそう見える。鹿乃は小さいのに、遺伝子はいったいどうなってるんだと兄を見あげるたび思う。

「ああ、お兄ちゃんていうたら、良鷹さん、今度の三者面談に来るん？」

梨々子がわくわくした様子で訊いてくる。

「うん、まあ、そやけど。……なんでわくわくしとるん」

「良鷹さんが来るとみんなの反応が面白いやん」

「校内が色めきたつよね。鹿乃のお兄さん、見かけだけは王子さまみたいだから」

「とんだぐうたら王子さまやで……」

家ではだらしない格好でだらだらしてばかりの良鷹だが、面談などで鹿乃の学校に来るときには、仕立てのいい三つ揃《み ぞろ》えのスーツをきっちり着てきたりするものだから、どこの御曹司《おんぞうし》かと騒がれる。そのうえ良鷹は如才《じょさい》がないというか、要領がいいというか、とにかく外面《そとづら》がいいので、先生方のおぼえもめでたい。家での兄を知っている鹿乃としては、「立派なお兄さまね」などと言われると複雑な気分になる。

家でもぴしっとしてくれるとええんやけど、と思いつつ顔をあげた鹿乃は、時計が目に入って「あっ」と立ちあがる。

「もうこんな時間や。慧ちゃんの講義終わっとるから行かんと」

「何か用事でもあるん?」

「今日は慧ちゃん、午前中で講義終わりやから、いっしょに帰る約束しとるんよ」

「へえ」

「商店街で夕飯の買い物して、それの荷物持ちしてもらおうと思て」

「荷物持ち……色気ないなあ」

鹿乃は鞄をつかむと、あわてて教室のドアに向かった。その背に、梨々子と奈緒の「ごきげんよう」という声がかかる。この学校名物の伝統的なあいさつである。

「ごきげんよう!」と鹿乃も返して、教室を飛びだした。

付属の私立大学は、創設が明治《めいじ》と古い。構内には赤煉瓦《あかれんが》の瀟洒《しょうしゃ》な建物が並び、それらの多くは国の重要文化財に指定されている。

講義が終わったばかりの時間だからか、学生の姿が多い。彼らのあいだを小走りにすり抜けて、鹿乃は慧の研究室がある棟《とう》へと向かった。ポニーテールにした髪が左右に揺れている。付属校とはいえ、大学構内を中高生が用もなしにうろつくことはあまりない。さわやかな白いセーラー服に紺色《こんいろ》のプリーツスカートという制服姿の鹿乃は、かなり目立った。ちらちらと向けられる視線を避けるようにすみっこを歩きながら、ゆがんでいた水色のスカーフをちょっと直した。

と、前方に見覚えのあるうしろ姿を見つけて、ほっとする。黒いジャケットを着た、まわりより頭ひとつぶんは高い長身の青年。

「慧ちゃ……」

声をかけようとした鹿乃だったが、それより先に数人の女子学生が慧に駆けよった。

八島先生、と呼ばれて慧はふり返る。今日はジャケットの下にブルーストライプのクレリックシャツを着ていた。片手に、講義に使ったものなのだろう、資料をたずさえている。

女子学生は、手ずからラッピングしたとおぼしき袋を慧に渡していた。ふたこと、みこと交わして慧がそれを受けとると、女子学生たちは顔を赤らめて走り去っていく。

――慧ちゃん、女生徒にもてるやろ？

という、梨々子のセリフが頭のなかを駆け抜けていった。

鹿乃は無言で慧に近づく。

「……慧ちゃん」

すぐうしろから声をかけると、慧は驚いたようにふり向いた。

「いたのか、鹿乃。驚かすなよ」

「何もろたん？」

慧は、鹿乃の視線がそそがれている手もとを見おろした。

「見てたのか？　クッキーだそうだ。焼き菓子研究会だと。いろんなサークルがあるもんだな」

「慧ちゃん、人気者なんやな」

「賄賂《わいろ》だよ、賄賂」

などと言って、慧は赤いリボンのかかったその袋を鹿乃の手にのせる。

「鞄とってくるから、ちょっと待ってろ。それ食べたかったら、食べていいぞ」

言って、慧は大股《おおまた》で研究室のある建物へと入っていく。目を輝かせて慧を見ていた女子学生たちのくれたこのクッキーが、賄賂なわけはない。好意だ。聡《さと》いくせに、慧は女性からの好意に妙に鈍《にぶ》いところがある。

慧は無愛想だしひねくれているけれど、突き放すようなことはしないし、なんだかんだで面倒見がいい。きっと学生に対してもそうなのだろう。ああいう女生徒はたくさんいるに違いない、と赤いリボンをじっと眺めているうちに、慧は戻ってきた。

「昼飯は何にするんだ？」

「オムライス」

「夕飯は？」

「ポテトコロッケと、春キャベツのコールスローと、鮭《しゃけ》のレモン蒸《む》し」

野々宮《ののみや》家においては、家事は当番制である。今日は、鹿乃が料理当番の日だ。

献立《こんだて》について話しながら、ふたりは大学の正門を出て、今出川通《いまでがわどおり》を鴨川《かもがわ》のある東に向かって歩いていく。鴨川手前の大通りを北にのぼれば、野々宮邸のある下鴨界隈《しもがもかいわい》だ。

「じゃあ、買うのはじゃがいもとキャベツと鮭とレモン、ってとこか？」

「じゃがいもとレモンは家にあるから、キャベツと鮭。あと安売りしとるサラダ油と、なくなりそうな砂糖と醤油《しょうゆ》」

スカートのポケットからメモをとりだし、読みあげる。

「重いものばっかだな……」

「慧ちゃん力持ちやから大丈夫や」

「おまえ、時々むちゃくちゃな理由つけるよな」

狭い歩道で、大学生らしい女性ふたりとすれ違う。慧にクッキーを渡していた女子大生たちが、ふっと思い出された。

「……お米も買ってこうかな」

「鬼か」

冗談や、と言って鹿乃はメモをポケットに戻した。

商店街で買い物をすませて家に向かうころには、お昼をすぎていた。遅くなってしまった。

「お兄ちゃん、お腹《なか》すかせとるかな」

「あいつ、腹がへったら自分だけ勝手に出前とったりするからな……」

自分が料理当番の日でも、面倒になったら店屋物《てんやもの》を注文してすまそうとする人である。

そして作らせるとよくわからない創作料理を出してくる。だがこれが意外においしい。

「ひとりだけうな重《じゅう》とか食べとったらいややわ。慧ちゃん、急いで」

「あのな、遅くなったのはおまえが『そういえばみりんももうなかった』だの『お酢が安い』だのあれこれ買い足してたからだろ。しかも重いものばっかり買いやがって」

悪態をつきながらもちゃんと荷物持ちをまっとうしてくれるあたりが慧である。

家に着いて、錬鉄《れんてつ》の門を開く。玄関まで石畳《いしだたみ》が続き、屋敷の左側には広々とした庭が、右側には蔵《くら》がある。鹿乃は白壁のその蔵を何とはなしに見やった。源氏車《げんじぐるま》の着物を蔵に戻したのは、一週間ほど前のことだ。それからはとくに問題が起こることもなく、もと通りの日々が続いている。——はずだったのだが。

「え?」

鹿乃は足をとめた。蔵の扉をまじまじと凝視《ぎょうし》する。

蔵の扉は、開いていた。

数センチほど手前に開かれて、わずかに暗闇《くらやみ》がのぞいている。錠前《じょうまえ》は地面に落ちていた。

鹿乃は蔵に駆けよる。慧も扉が開いていることに気づいて、おなじように駆けよった。

とっさに思ったのは、泥棒?　ということだった。扉を大きく開いてなかへ入ると、荒らされた様子はなく、物の位置も変わっていないようだ。しかし、確認してみないことにはわからない。手前の桐簞笥《きりだんす》の抽斗《ひきだし》を開けようとして——鹿乃は、はっとした。何か聞こえる。

消えてしまいそうなほどかすかな、か細い声。若い女性の、すすり泣くような声だ。

「慧ちゃん……なんか、泣き声、聞こえへん？」

おそるおそる、鹿乃はそう口にした。

「聞こえるな」

慧は淡々と応じた。鹿乃はごくりと喉《のど》を鳴らす。蔵のなかの温度が、急にさがったような気がした。

慧は、桐簞笥の上に身をかがめる。泣き声は、どう考えてもこの簞笥のなかから聞こえていた。

「あ、開けてみる？」

「そうしないわけにもいかないだろう」

慧が抽斗の把手《とって》をつまんで、引いた。恨《うら》めしげな顔をした女の幽霊なんかが出てきたらどうしよう、などと鹿乃は思ったが、さいわいそんなことはなかった。現れたのは、着物を包んでいるたとう紙だけだ。一番上にあるものを、慧はとりだした。

「……ここから聞こえないか？」

慧はたとう紙の紐《ひも》をほどいて、なかをあらためる。薄暗い蔵のなかだからあまりはっきりとは見えないが、長襦袢《ながじゅばん》だ。

鹿乃は耳を近づけてみる。

声は、長襦袢から聞こえていた。


鹿乃たちは、ひとまずその長襦袢を持って屋敷に入った。良鷹がいるであろう広間の扉を開けると、やはり彼はソファに寝そべり本を読んでいた。かたわらのテーブルには、空《から》になった重箱《じゅうばこ》が置かれている。……うな重だ。

「遅かったな。腹へったからさきに食べてしもたわ」

良鷹は長い脚《あし》をソファからはみださせて、こちらを見もせずに言う。

「遅なったんは悪かったけど……ちょっと待つくらいできひんの、お兄ちゃんはもう」

食材があまってしまうではないか。しかもひとりだけ贅沢《ぜいたく》にもうな重を食べるだなんて。が、いまは兄に文句を言っている場合ではない。

鹿乃は長襦袢を包んだたとう紙をテーブルに置いた。

「お兄ちゃん、たいへんや。蔵の鍵《かぎ》が開けられとるんよ」

「ああ、それ俺や」

「ほんでこの襦袢が——え？」

鹿乃はぽかんとして兄を見た。良鷹はむくりと起きあがり、あくびをひとつする。

「『俺や』て、何が」

「せやから、蔵を開けたんは俺や」

良鷹は眠たそうな顔のまま、平然と言った。

「えっ……な、なんで」

「ちょっと見たい物があって開けたんや。閉めるん忘れとった」

ほい鍵、と言ってポケットから鍵を出す。

「『忘れとった』やないわ、お兄ちゃん！　あれは開けたらあかん蔵やって、お兄ちゃんも——」

「悪い悪い」

かけらも悪いと思ってなさそうに言う。

「すぐ閉めたらええやろと思て」

「閉めてないやん！」

「せやから謝っとるんやないか」

その態度のどこがだ。

「そんなことだろうと思った」

慧は予想していたのか、さして驚いてもいない。

「あっ、待って、そしたらわたしの部屋に入ったん？」

蔵の鍵は、鹿乃の机の抽斗に入っている。良鷹だとなくすに違いないから、と祖母から渡されたのだ。

「べつに、おまえの抽斗に大事にしまってあった写真なんて見てへんで」

「見てるやん！」

鹿乃の顔が真っ赤になる。しまってあったのは、むかし慧といっしょに撮った写真だ。

「もうっ、もうっ、お兄ちゃんのあほ！　もうお兄ちゃんの部屋、掃除したらへんよ！」

自室の掃除は各自がするように決めているが、良鷹は面倒がってやらない。だから鹿乃が掃除しているのだ。

良鷹は平気な顔で、

「べつにええで、業者に頼むし」

などと言う。

「……もう！」

悔しいことに良鷹は、何を言っても動じるということがない。鹿乃はぽかぽかとその背中をたたいた。

「おい、そんなことよりこの着物だろ」

慧があきれたように口をはさんだ。

そうだった、と鹿乃は気をとりなおして、たとう紙の紐に手をかける。かすかなすすり泣きは、時折とぎれはするものの、あいかわらず聞こえている。たとう紙から長襦袢をとりだすと、その声はよりはっきりと聞こえた。

「なんや、さっきから泣き声がしとるような気ィすると思たら、それか」

泣き声のする長襦袢に、良鷹は怖がるどころか興味をひかれたように身を乗りだした。

鹿乃は長襦袢を持って広げる。淡い青磁色《せいじいろ》の生地《きじ》がふわりと波打った。

女物の長襦袢だ。胸もとに灯籠《とうろう》、背に小袖《こそで》姿の若い女性が描かれている。灯籠は牡丹《ぼたん》の花が飾られた華やかなものだったが、背中の女性は対照的に乱れ髪に恨めしげな顔で、おどろおどろしい。その下半身は溶けこむように白くぼかされている。どう見ても、幽霊の絵だ。

うっ……うっ……という、押し殺したような泣き声は、まるでこの幽霊が泣いているようだった。

「これは、『牡丹灯籠《ぼたんどうろう》』だな」

襦袢を眺めて慧が言う。

「『牡丹灯籠』って……怪談の？　灯籠持った女の幽霊が夜な夜な訪ねてきて、しまいに男の人をとり殺す話？」

「灯籠を持っているのは侍女《じじょ》だが。まあ、そうだ」

鹿乃は幽霊の顔を見つめる。おそろしげながらも上品に描かれているが、生気のない顔つきで、見ているとぞくっとする。

「見事な幽霊画だが……趣味がいいんだか、悪いんだか。ぞっとするな」

「脱がせてみた着物の下がそれやったら、俺はまわれ右して帰るわ」

へらっと良鷹は笑う。鹿乃は兄をちょっとにらんだ。

「お兄ちゃん、いやらしい。——お祖母《ばあ》ちゃんの若いころにはこんな柄《がら》も流行《はや》ったんやて、聞いたことあるわ。骸骨《がいこつ》とか、おばけとか、そんなん。長襦袢やったら外から見えへんから、ぎょっとするような大胆な柄もあったんやて」

しかし、いったいどうして泣き声がするのだろう？　そしてどうしたらいいものか。頭を抱《かか》えたくなった。

鹿乃はため息をつく。くどくどと兄にお小言を言っても仕方ない（言ったところで、ぬかに釘《くぎ》である）。それよりも、これをどうにかすることを考えなくては。

「ともかく、この長襦袢を泣きやませて、蔵に戻さんと」

とはいえ、どうすればいいのかなんて皆目《かいもく》見当がつかない。もとの持ち主が知りたいところだが、長襦袢では、源氏車の着物のときのように写真に映っているなんてことはないだろう。収蔵品の目録《もくろく》も、先日さがしたときには結局見つからなかった。名前の刺繡《ししゅう》が入っているなんてことも——長襦袢の衿《えり》にでも名前が入っていないかと見ようとした鹿乃は、手をとめた。

「……あれ」

衿は、妙にごわごわしている。触ってみると、なかに紙のようなものが入っているのがわかる。

「衿に何か入っとる」

「何か？」

「紙みたい。ちょっと待っとって」

鹿乃は部屋から糸きりばさみを持ってきて、衿をほどいた。

なかから出てきたのは、やはり、紙だった。五センチ四方ほどの紙きれが、十数枚。

「なんやろ、これ。手紙……とはちゃうんかな」

首をひねったのは、紙にはいずれも宛名《あてな》が書いてあるにもかかわらず、文面はなく、ただ数字が書かれているのみだったからだ。

宛名は、《富貴子《ふきこ》様》。そして、紙の真ん中には、それぞれ《18》だとか《１０９》だとかいう数字。そして左隅に判子《はんこ》が押されている。獅子《しし》に牡丹の、家紋《かもん》のような判子だ。送り主の名前はない。

「この《富貴子》さんて、長襦袢の持ち主やった人やろか」

慧が紙を手にとる。

「《富貴子》……そうか、だから『牡丹灯籠』なんだな」

鹿乃は慧を見あげる。

「なんで？」

「牡丹の別名に〈富貴花《ふきか》〉というのがある。それにちなんで誂《あつら》えたんじゃないか？」

なるほど、と鹿乃は襦袢に描かれた牡丹の花を眺めた。

「獅子に牡丹の判子も、《富貴子》に合わせたのか……？　数字が一番、意味がわからないが」

「なんや、暗号みたいやないか」

良鷹はおもちゃを見つけたように嬉々《きき》として、紙をテーブルの上に並べた。

紙はぜんぶで十二枚あった。18・109・23・27・21・98・99・50・137・139・149・87……重ねられていた順に紙を並べてみても、書いてある数字が何を意味するのかさっぱりわからない。

「もとの持ち主がわかればと思ったけど……これじゃ、名前しかわからへんな。富貴子さんて、どこの富貴子さんやろ」

「ご近所じゃないのか？　三好《みよし》さんみたいに」

「富貴子さんて人は、おらんかったと思うけど……」

「なら、友だちとか。下の名前だけでもわかってるんだから、交友関係を調べれば出てくるんじゃないか」

「それやったら――」

祖母は手書きの住所録を作っていたはずだ。年賀状などを出すさいには、それをめくっていたのをおぼえている。

鹿乃は廊下《ろうか》の電話台に置いてあった、祖母の住所録を持ってきた。きっちりとした流麗《りゅうれい》な字が並んでいる。なつかしい祖母の字だ。それを目で追いながら、ふと思う。こうして住所録を作るほど几帳面《きちょうめん》な祖母なのに、どうして蔵の着物の目録は作らなかったのだろう――と。

「お、あったぞ」

隣からのぞきこんでいた慧が、ひとつの名前を指さした。

《長谷川《はせがわ》（東園《ひがしその》）富貴子》

「東園というのは旧姓だろうな。女学生時代の友人か？」

「たしか卒業生名簿があったはずやわ」

鹿乃は祖母の部屋から名簿をとってくる。すると、やはり《長谷川（東園）富貴子》の名前があった。

「住所は宇治《うじ》か。連絡をとって、日曜にでも訪ねてみよう。いつまでもこう泣かれたんじゃ、かなわないからな」

と、慧はひっそりと泣き声をあげ続ける襦袢を見やった。


日曜日。鹿乃と慧は、長谷川家を訪れることにした。長襦袢は、納戸《なんど》にしまってある。桜鼠《さくらねず》の小紋《こもん》に身を包んだ鹿乃は、慧の運転する車の助手席で、ぼんやりと車窓《しやそう》を眺めていた。淡い水色の空に、わたあめをぽんぽんとちぎって投げたような雲が浮かんでいる。甘いものが食べたいなあ、なんてことを思った。

「なあ、慧ちゃん」

鹿乃はハンドルを握る慧のほうに顔を向けた。黒いニットを着た慧の顔には、眼鏡がかけられている。ふだんは裸眼《らがん》の慧だが、運転をするさいには眼鏡をかけないといけないそうだ。

「あの長襦袢は、なんで泣いてるんやと思う?」

「さあな」

慧の返答は、そっけない。

「じゃあ、あの手紙か何かようわからんやつの数字の意味は？」

「さっぱりわからないから、事情を訊きにいくんだろうが」

「そうやけど」

慧のそっけなさには慣れっこの鹿乃は、かまわず言葉を続ける。

「あれこれ考えて損はないやん。宛名があるんやから、あの数字はやっぱり何かを伝えとるんやと思うねん」

「何かって？」

「語呂合《ごろあ》わせ……にしては数字がすくないし。あ、数字が月日を示しとるっていうのは？富貴子さんと手紙の差出人が会う日を表しとるんよ」

「〈50〉とか〈137〉とかあったぞ。何月何日だよ」

「あれ……。じゃあ、時間？」

「なんの時間だ。待ち合わせにしちゃ、細かすぎる時間だな」

「うーん……」

鹿乃は空に浮かぶ雲をにらんで、頭をひねった。

「国家機密を示す暗号、とかやったらどうしよ」

　これには、慧は吹きだした。

「いきなりスケールがでかくなったな。映画がはじまりそうだ」

　慧にうけたのがちょっとうれしくて、鹿乃は「えへへ」と笑ってひざにのせた慧のジャケットを抱え直した。と、カサ、と音がしておやと思う。何か入っている。ジャケットのあちこちをぽんぽんたたいてたしかめてみると、襟《えり》に紙が縫《ぬ》いこまれている……わけではなく、ポケットに、紙が入っている。またレシートでも押しこんだままになっているんじゃないかと——慧はよくそういうことをするのだ——、鹿乃はポケットをさぐった。が、なかに入っていたのはレシートではなかった。

「ちらし?」

　四つ折りにされていた一枚の紙を開くと、能《のう》の舞台公演を知らせるちらしだった。

「ああ、入れっぱなしだったか」

　慧がちらりと視線をよこす。

「文学部の教授に、チケットをもらったんだ。忘れるとこだった」

「行くん?」

「もらっておいて行かないと、具合が悪いだろう」

「慧ちゃんでも、そういうの気にするんやな」

「俺ぐらい、人づきあいに気を遣《つか》ってるやつはいないぜ」

そううそぶくので、鹿乃は笑った。でも、たしかにそうかもしれない、と思う。良好な関係を築くためにではなく、相手が一定の距離以上に自分に踏みこんでこないように。仕事上のつきあいもあるし、慧はそれなりに交友関係が広い。けれど、くつろいだ顔を見せるのは、鹿乃や良鷹の前だけだ。

案外、兄よりもそのふところに飛びこむのはむずかしい人なのかもしれない、と思いつつ、鹿乃はちらしに目を落とした。上演される演目は、仕舞《しまい》がいくつかと、能『熊野』、『石橋』。

「〈くまの〉と、〈いしばし〉」

鹿乃が読みあげると、慧はすこし苦笑した。

「〈ゆや〉と〈しゃっきょう〉って読むんだよ」

「そうなん?」

ややこしい。どうしてふつうに読まないのだろう。

「『熊野』は『平家物語《へいけものがたり》』をもとにした能だ。平氏《へいし》の愛人の、熊野って女が主人公だから『熊野』なんだ。『石橋』には文殊菩薩《もんじゅぼさつ》の使いの獅子が出てくる。話らしい話のない、獅子の舞を楽しむ演目だな」

ふうん、と相槌《あいづち》を打って、裏面にある解説を読む。祖母は能も歌舞伎《かぶき》も好きでよく観《み》にいっていたが、鹿乃はあまり興味がない。京都の初夏の風物詩とも言われる、平安神宮《へいあんじんぐう》で毎年催《もよお》される薪能《たきぎのう》くらいは祖母につれられて行ったことがあるが、とちゅうで寝てしまった。

なので、慧に「おまえも観にいくか？」と言われても、「うーん」と首をかしげた。

「もらったチケットが二枚なんだよ。良鷹は役者が好きじゃないってんで行かないって言うし」

「ほかに誘う人がおらんのやな、慧ちゃん」

「悪かったな」

鹿乃はちょっと考える。能はともかく、考えようによっては慧とデートだ。それには心ひかれた。

「居眠りしてもええんやったら、行く」

「大丈夫だ。どうせ俺も寝る」

それはどうなのだ、と思いつつ、鹿乃はちらしを丁寧に折り畳《たた》んで、袂《たもと》に入れた。

長谷川家は、宇治川《うじがわ》のほとりにあった。旧家の風格がただよう、大きな屋敷だ。あらかじめ電話を入れていたので、当惑《とうわく》されることもなく出迎えてもらえた。出迎えてくれたのは、富貴子の娘の、久子《ひさこ》という六十代くらいの女性だった。いかにも良家のお嬢さま育ちらしい、おっとりとした人だ。

鹿乃たちはまず、線香をあげさせてもらった。——富貴子は三年ほど前に、亡くなっていたのだ。

「野々宮さんとは、女学校時代から仲良うさせてもろてたみたいで……」

と、奥の座敷へと案内しながら久子は言った。富貴子の実家、東園家は華族《かぞく》の傍系《ぼうけい》だったそうで、そうしたことから野々宮家ともつきあいがあったのだという。

「母のものらしい長襦袢がある、ゆう話でしたけど、それやったら、母が嫁入りのときに整理したもののひとつかもしれません」

久子は、富貴子の部屋だったという八畳間《はちじょうま》の座敷に入ると、端にあった桐簞笥の抽斗を開けた。たとう紙に包まれた着物がたくさん入っている。久子はそれらをとりだして、中身を見せた。

「わあ、牡丹や」

鹿乃は思わず感嘆《かんたん》した。たとう紙からまず出てきたのは、一面に牡丹が描かれた華やかな友禅《ゆうぜん》の着物だった。べつのたとう紙を開けば、また牡丹柄の小紋。つぎに出てきたのも、牡丹。あとからあとから、牡丹の柄の着物が出てくる。

「見事なまでに牡丹尽くしですね」

壮観だ、と慧が言う。

「母は名前にちなんで、牡丹の着物を好んで誂えとったんです」

久子はつぎつぎと着物を広げていく。畳《たたみ》の上に牡丹の園が広がっているようだ。

「当時流行《はや》った西洋風なのも、古典的なのも、いろいろありますやろ。ここにあるんは嫁入支度に作ったものやそうで、それまでのものはほとんど売って処分したそうなんです。派手やったりモダンすぎたりで、結婚してから着るんにはふさわしないからて。――そちらさまにあるんは、『牡丹灯籠』の柄でしたやろか？　母やったらそういうのも作ってそうですけど、それもやっぱり、嫁《とつ》ぎ先に持っていくのはまずいですやろ」

何せ、男をとり殺してしまう話である。

「それで、野々宮さんにあげたんかもしれません。売り払うより、よう知ってる人に譲るほうがええでしょうし。売りも譲りもせんと捨てた物もあったんですよ」

「ええ、それはもったいない……」

鹿乃は牡丹の園を眺める。これだけ見事な着物を作っているのだから、捨てたものもそうとういい品《しな》だったに違いない。

「そうですやろ？」

久子もうなずく。

「いつやったか、母が十六、七の若い時分の写真が出てきて、それがええ帯をしとったんです。洒落《しゃれ》た薔薇《ばら》の染め帯で」

「あ、それは牡丹やなかったんですね」

「ええ、そう。そのころは薔薇の柄に凝《こ》っとったらしくて、ほかにも着物やら羽織やら誂えてたらしいんやけど……」

久子はそこで顔を曇《くも》らせた。

「それが、ぜんぶ捨てたいうんです。薔薇柄のんはみんな」

「え……」

鹿乃は驚いて訊き返す。「ぜんぶ？　なんでですか？」

ようわかりません、と久子は首をふった。

「もったいないですやろ？　薔薇がいやになったんやて、母は言《ゆ》うてましたけど。ええ帯や思て『この帯ないん？』て訊いたときも、『そんな写真、どこにあったんや』て、えらい怖い顔して……」

「薔薇の柄というのは、どういう？」

慧が口をはさんだ。

「水彩画みたいなやさしいタッチの薔薇模様で、変にモダンになりすぎてない、品《ひん》のええ柄やったんです。昼夜帯《ちゅうやおび》で、裏に英語の刺繍を入れてたそうで。洒落てますやろ。写真ではわからへんかったんですけど、東園の祖母が覚えとって教えてくれました」

なんていう意味の文やったかな、と久子は思い出そうとするように頬《ほお》に手をあてた。

「薔薇に関する文章やったと思うんやけど……そう、『僕の薔薇よ』て、呼びかけるような感じの、詩みたいな」

「僕の薔薇よ……」

慧が復唱して、考えるように視線を部屋のあちこちにさまよわせる。それから、ふたたび口を開いた。

「それは、こういう意味の文じゃありませんでしたか。──《わが薔薇よ、きみがいなければ、私はこの広い世界を無と呼ぶ。この世ではきみが私のすべてなのだ》……」

久子が目を丸くした。

「ああ、そう、それです。なんでわかったんです?」

「シェイクスピアの詩です。富貴子さんは、お好きだったんじゃありませんか」

と、慧は部屋にある本棚《ほんだな》を指さした。さほど大きい棚ではない。そのなかに、シェイクスピア全集があった。函《はこ》に入った、古い本だ。

「ああ──あれは、東園の家にあったものなんです。こないだ、わたしの息子が見つけてもらってきて。自分の本棚に入らんから言うて、ここに入れてあるんです。そうゆうたら、母も女学生時代には熱心に読んでたて聞きました。そないなこと、祖母が言うてましたから」

なるほど、と慧はうなずいた。

「富貴子さんのご主人は、どうでしたか」

　富貴子の夫も、すでに亡くなっている。富貴子より二年ほど早かったそうだ。

「シェイクスピアですか？　いいえ、父はまったく。外国文学には興味のない人で……それがどうかしはりました？」

　いいえ、とだけ慧は言う。それからまた富貴子の着物をいくつか見せてもらったあと、鹿乃と慧は長谷川家を辞《じ》した。


「慧ちゃんて、シェイクスピア好きやったっけ？」

　帰りの車のなかで、鹿乃は尋《たず》ねた。

　そういうわけでもないが、と慧は前方に目をすえたまま答える。

「大学時代に、シェイクスピアの講義をとったことがあるんだよ。そこでソネットをやった」

「ソネット？」

「十四行詩。シェイクスピアには『ソネット集』ってのがある。愛をうたったものだ。なかなかおもしろい講義だった。何が役に立つか、わからないものだな。――あの手紙の数字の謎が、これでわかったぞ」

慧は唇《くちびる》の端をあげた。

「えっ、ほんまに？」

鹿乃はびっくりする。手紙のことは久子にも訊いてみたが、わからないと言われた。

「ああ。――あの手紙は、ラブレターなんだ」

「ラブレター……数字だけやのに？」

「『ソネット集』におさめられたソネットには、番号がついてるんだ。一番から、百五十四番まである。あの手紙の数字は、そのソネットの番号を示してるんだ」

つまり、と慧は続ける。

「あれは、シェイクスピアのソネットに託《たく》したラブレターなんだよ。数字だけの、秘密のラブレターだったんだ」

数字だけの、秘密のラブレター。鹿乃はその言葉を反芻《はんすう》する。

「え、でもなんで秘密なん？」

「ばれたらまずかったんだろ。東園家は華族の傍系だと言ってたな。時代もあるだろうが、そういう家ならなおさら、男女関係には厳しかったろう。ラブレターなんて見つかったら大騒ぎだ。だから万一、誰かに見られてもわからないような工夫をしたんじゃないか」

なるほど、と鹿乃は思う。

「その送り主は……富貴子さんのだんなさんになった人とは、ちゃうわけやんな」

秘密のラブレターは、シェイクスピアのソネットを知る者同士でしかわからない。けれど、富貴子の夫はシェイクスピアを読まない人だった。

大事に衿に縫いこんでおくほどなら、富貴子もその相手が好きだったのだろう。だが、その人とは結ばれなかったのだ。

だから——あの長襦袢は泣いているのだろうか？

「手紙の相手とどういういきさつがあったかはわからないが、富貴子さんは思い出を捨てて結婚したんだ」

「ラブレターを縫いこんだ長襦袢を、お祖母ちゃんにあげて？」

「《わが薔薇よ》と讃《たた》えられて作った薔薇の着物や帯を捨てて、シェイクスピアも置き去りにしてな」

長谷川家は、見るからに立派な旧家だ。おそらく親の決めた結婚だったろう。

秘密の恋を切り捨てて、名家の男性と結婚して——けれど、長襦袢に残る彼女の心は、今でもずっと、泣いている。

だったら、その涙をとめるには、どうしたらいいのだろう、と鹿乃は思った。

家に着いた鹿乃《かの》と慧《けい》は、まず『ソネット集』を確認してみることにした。

離れにある慧の書斎《しょさい》に入る。離れの外観は純日本家屋だが、なかは住みやすいよう改装してある。むかしは座敷だったこの部屋も洋間になっていた。絨毯《じゅうたん》を敷いた床には本棚に入りきらない本が山のように積み重ねられていたが、それ以外は整頓《せいとん》されており掃除も行き届いている。慧は案外、きれい好きなのである。

「『ソネット集』は左の本棚の上から三段目にあると思うから、とってくれ」

ジャケットをハンガーにかけながら慧が指示する。どこになんの本があるのだか把握《はあく》しているのかと驚きつつ見れば、たしかに『ソネット集』という文庫があった。本棚の手前に積みあげられた本の山があるものだから、それを崩さないように鹿乃はつまさき立ちになって手を伸ばした。が、もうちょっとのところで届かない。本の山がなければ届くのだが。

うー、と懸命《けんめい》に背伸びしていたら、バランスを崩して本の山のうえに倒れこんだ。「ふぎゃっ」という変な悲鳴とともに本の海に埋もれる。やってしまった。

「何やってんだ」

ひょい、と慧が軽い荷物のように鹿乃の腰をつかんで持ちあげた。

「！」

鹿乃は驚きで息がとまる。

「大丈夫か？」

尋ねる慧に、鹿乃はこくこくとうなずいた。顔があっというまに赤くなる。慧はまったく平気な顔だ。転んだ子どもを助けおこしたくらいの感覚でしかない。ほんとうに、いいかげん、鹿乃が年頃の娘だということをわかってほしい。慧の骨ばった指の感触がまだ残っているようで、動悸《どうき》がなかなかおさまらない。

「鹿乃の腕じゃ、届かなかったか。悪かったな」

慧はしゃがんで崩れた本の山を積み直している。鹿乃もあわてて手伝った。

本をもとに戻して、ようやく慧が『ソネット集』を開く。絨毯の上にふたりして座りこんで、ぱらぱらとページをくった。かたわらには例の手紙が置かれている。

手紙にあった数字は、18・109・23・27・21・98・99・50・137・139・149・87。まず十八番のソネットを、慧が読みあげた。

「《きみを夏の一日にくらべたらどうだろう。きみはもっと美しくて、もっとおだやかだ》

──有名な詩だな。《五月のいとおしむ花のつぼみを荒っぽい風が揺さぶり、……》」

詩を読みあげていく慧の声は低く落ち着いていて、耳に心地いい。夏の日の、きらきらとした陽《ひ》の光が見えるようだった。詠《よ》み手の、《きみ》の美しさへの讃美《さんび》と熱っぽさを感じる。それが慧の声で語られると、鹿乃に向けて言っているのではないとわかっているのに、どきどきした。慧の声はやわらかく、ちょっと冷たくて、ぞくっとする。

「つぎの百九番が、久子《ひさこ》さんにも言った《わが薔薇《ばら》よ》の詩だな」

慧は手紙の番号の詩にざっと目を通していく。

「どれも情熱的な愛の詩だ」

数字に閉じこめられた、手紙の送り主の恋が詩の向こう側から現れてくる。富貴子《ふきこ》は、手紙に書かれた数字を見て、ソネット集を開き、その詩を確認するという作業に、きっと心躍《こころおど》らせたことだろう。そこにはひたむきな愛の言葉が並んでいる。

「ん？」

慧はページをめくる手をつとめて、眉《まゆ》をひそめた。

「五十番の詩から、風向きが変わるな」

「変わる？　どんなふうに？」

「この『ソネット集』にあるのは、輝かしい愛の詩ばかりじゃない。愛する相手に裏切られた苦しみをうたったものもあるんだ。……手紙にある番号が示す詩は、これ以降そんなものばかりだ」

慧はぱらぱらとページをめくる。

「《さようなら、きみは私が所有するにはあまりにも貴重だ》——八十七番。最後の手紙だ」

——《さようなら》。

別れの言葉だ。

「五十番の手紙あたりから、ふたりの関係に変化があったんだろう。ふたりの、というよりは、おそらく富貴子さんの態度に」

詩の内容は、相手の仕打ちに苦しんでいるような言葉が並んでいる。

「せやったら、このころ富貴子さんは、手紙の人との恋をやめようとしたんやろか」

「富貴子さんが薔薇の柄《がら》に凝《こ》ってたのは十六、七のころだったな。手紙をもらってたのもそのころだとして、ちょうど縁談が来る年頃だろう」

とんとん、と慧は指先で『ソネット集』をたたく。鹿乃は、その本を見つめた。

「手紙の人と、結婚するわけにはいかんかったんやろか」

だって、手紙を衿《えり》に抱いていたあの襦袢《じゅばん》は、泣いている。そんなに好きだったのなら、どうしてその彼を選ばなかったのだろう。

「久子《ひさこ》さんが、言っていたな。富貴子さんは嫁《とつ》ぐさいに、持っていた着物を売り払ったと。そして婚礼衣装を整えた。――それはつまり、着物を売ったお金で婚礼衣装を用意したということだろう。久子さんがそういう事情をわかって言っていたのかどうかは知らないが」

「それって……」

「おそらく、内情が苦しかったんだ。彼女の結婚も、それをふまえたうえでの政略結婚だったんじゃないか？」

――富貴子に選ぶ余地などなかった、ということだ。

「手紙の相手が、長谷川《はせがわ》家以上に金も地位もある名家の息子だったらよかったんだろうが、そうじゃなかったんだろう。それだと懐《ふところ》が苦しいという事情がなかったとしても、親は結婚を許しはしなかっただろうが」

「せやろか。事情があってもなくても、娘を売るような真似《まね》するより、好きな相手と結婚させてやりたいて思うもんとちゃうの」

「いっときの恋より一生の結婚、裕福な家に嫁いだほうがしあわせって考えもあるだろう、親心としちゃ。娘に苦労はさせたくないだろうからな」

「うーん……」

苦労しても、好きな人と結婚したほうがしあわせなのでは、と思う鹿乃は甘いのだろうか。

「《きみは私が所有するにはあまりにも貴重だ》――ソネットにある通り、手紙の男にとって富貴子さんは、本来なら手の届かない高嶺《たかね》の花だったんじゃないか？　身分違いだと、時代も時代だ、なんにしても成就《じょうじゅ》はむずかしかっただろうな」

そういうものか。身分違い、などという古めかしい言葉は、鹿乃にはとても遠いものに聞こえる。

「せやから富貴子さんはあきらめて、べつの人と結婚することに決めて――手紙は長襦袢に閉じこめた。でも……」

鹿乃はひっかかることがあって、ちょっと首を傾けた。

「大事な恋の思い出やろ。どうせやったら、あんなおどろおどろしい長襦袢やなくて、もっときれいな柄にしたらよかったのに」

いくらああした柄が流行《はや》っていたといっても、恋心をしまいこむのにふさわしいとは思えない。あれを選んだのには、意味があるはずだ。

「どうだろうな。『牡丹灯籠《ぼたんどうろう》』の幽霊のように、相手をとり殺したかったのかもしれない」

慧は腰をあげて、背後にある本棚から一冊の本を引き抜いた。函《はこ》に入った、草色の本だ。『伽婢子』とある。

「何？　これ」

「『伽婢子《おとぎぼうこ》』。江戸《えど》時代の怪異小説だ。『牡丹灯籠』が入ってる」

「あ、そうなん？」

鹿乃は、なんとなくのイメージでしか『牡丹灯籠』を知らない。江戸時代の小説だったのか。

「大本《おおもと》は、中国の『剪燈新話《せんとうしんわ》』という伝奇《でんき》小説のなかの『牡丹燈記《とうき》』って話だ。それを日本風に翻案《ほんあん》したものがこの『牡丹灯籠』。『牡丹燈記』は日本人によく受けたみたいだな。これ以前にも以後にも翻訳が出てるし、明治のころには三遊亭円朝《さんゆうていえんちょう》が『怪談牡丹燈籠』を作ってる」

慧は本の『牡丹灯籠』のところを開いて、鹿乃に渡した。読んでみろ、ということらしい。

訳文ではなく原文だったので尻込《しりご》みしたが、ちらりと目を通してみれば『源氏物語《げんじものがたり》』のようにむずかしくはなかった。これなら読めそうだ。

《天文戊申《てんぶんつちのえさる》の歳《とし》、五条京極《ごじょうきょうごく》に荻原新之丞《おぎわらしんのじょう》といふものあり》――意外なことに、京都《きょうと》の話であった。

季節はお盆、新之丞は妻に先立たれた寡夫《かふ》である。ある夜、牡丹で飾った灯籠を持った侍女《じじょ》を従えた美女に、新之丞はひと目惚《ぼ》れして家につれこむ。……ちょっと手が早いと思う。

それはさておき、美女は夜ごと新之丞のもとに通ってくるのだが、隣人が壁の隙間《すきま》から覗《のぞ》き見したところ、なんと美女の姿は骸骨《がいこつ》だった。これを聞いた新之丞が驚いて美女の住まいを訪ねると、牡丹灯籠がかかった墓がひとつ。肝《きも》を冷やした新之丞は僧に助けを求めて一度は難を逃れる。が、その後結局、美女に墓に引きこまれて死んでしまう――。

「女の執念《しゅうねん》、って感じやな。助かるかと思いきや助からへん、ていうのがホラーやわ」

だが、読んでみたところでどうして富貴子が『牡丹灯籠』の長襦袢を選んだのかは、やっぱりわからない。この話の美女が相手の男に執着《しゅうちゃく》していたのはわかるが。

「執着……富貴子さんは恋をあきらめてべつの人と結婚したけど、長襦袢に残っとる富貴子さんの想《おも》いは、あきらめきれずに泣いてるわけやんな。いまだに相手の人を求めとるんや」

鹿乃は顎《あご》に手をあてて考える。

「それを泣きやませるには、どうしたら……」

祖母はいったいどうやって、あの襦袢を泣きやませたのだろう？　富貴子の想いを、慰《なぐさ》めればいいのだろうか。たとえば——。

「たとえば、手紙の男と再会させてやる、とかな」

慧が言った。鹿乃はうなずく。

「せやけど、相手の男の人はどこの誰かもわからへんよ」

「ロマンチストの英文学専攻の大学生じゃないか？」

てきとうなことを言う。

「シェイクスピアをラブレターに使うあたり。まあ、それだけじゃ特定のしようもないが」

　せめて名前がわかればな、と慧は腕組みをする。鹿乃も慧の真似をして腕を組んだ。それで妙案が浮かぶわけでもないのだが。袂《たもと》のなかでかさりと音がして、そういえばちらしを入れたままだった、と思い出す。何気なしにそれをとりだして一瞥《いちべつ》した鹿乃は、「ん？」と手をとめた。まじまじとちらしを眺める。そこに載《の》っているのは、『熊野《ゆや》』と『石橋《しやつきよう》』――。

　ひょっとして。

　鹿乃は慧の袖《そで》を引っ張った。

「慧ちゃん」

「なんだよ？」

　ちらしを慧の手に押しつけて、床に置いたままの手紙をとると、

「この手紙な、判子《はんこ》があるやろ」

　と、手紙の左下に押された判を指さす。

「〈獅子に牡丹〉だな」

「これってな、『石橋』を表しとるんとちゃうやろか」

鹿乃は慧に押しつけたちらしを指さした。

『石橋』の主役である獅子《しし》は、牡丹に戯《たわむ》れ、舞を舞うのだとちらしの解説に書いてある。

舞台には作り物の牡丹の花が置かれるそうだ。

「わたし、間違えたやろ？〈しゃっきょう〉を〈いしばし〉て」

ああ、とうなずいた慧は、それからもう一度、ああ、と言った。

「なるほど——〈いしばし〉なのか」

「そういう、洒落《しゃれ》やと思うねん」

差出人は、〈石橋《いしばし》〉さんである。

石橋か、と慧は考えこむ。

「……待てよ。英文学やってた京都の大学生で、シェイクスピアが好きで、石橋……？」

何かを思いついたように慧は顔をあげた。

「心あたりあるん？」

鹿乃が尋ねると、慧はさっと立ちあがってドアのほうに向かった。

「どこ行くん、慧ちゃん」

「良鷹《よしたか》のとこだ。ついてこい」

そう言ったときには、慧はもう部屋を出ていた。

広間に行くと、良鷹はあいかわらずソファに寝そべっていた。たまには違う姿が見てみたいものである。

「鹿乃、お茶が飲みたい」

こちらを見もせずに言う良鷹の言葉を無視して、慧がソファに歩みよった。

「良鷹。英文学の教授で、石橋先生っていたの、覚えてないか？」

え、と鹿乃は驚いて慧を見る。良鷹は、「あー、おったな」と答えた。

「あの白髭《しろひげ》のおじいさんやろ。シェイクスピアのソネットの」

シェイクスピアのソネット！

慧が鹿乃に説明する。

「大学で、シェイクスピアのソネットの講義をとってたって言っただろ。そのときの先生が、石橋先生っていうんだよ」

「生徒ひとりにつきひとつソネット割り当てて、それについてレポート書いてこい、ってゆうやつやったな。懐《なつ》かしいわ」

「石橋先生はたしか和歌山《わかやま》出身で、京都には大学時代から住んでたって言ってたよな。どこだったかに下宿して」

「北白川《きたしらかわ》やな。当時は知り合いの家に下宿しとって、自分の家持つときも北白川に建てたんや。大学のすぐそばやし、あのあたりが気に入ったからやて言《ゆ》うてたな」

慧はけげんそうに良鷹を見た。

「よく知ってるな」

「商売で行ったことあんねん、先生ん家《ち》に」

良鷹は頭をかきながら身を起こした。

「商売？」

と鹿乃が訊《き》く。

「美術館でばったり会《お》うたことがあってな。骨董《こっとう》あつかっとる言うたら『牡丹の根付《ねつけ》か何かあったら欲しい』て言われてん」

「牡丹の」

「牡丹が好きやったんや。庭にも咲いてたで」

「そ——その家、どこ？　行ったら、石橋先生に会える？」

「どこて、北白川や言うてるやろ。ほんでも、先生には会えへんで」

「なんで?」

「もう亡くならはったわ。四、五年前やろか」

慧もうなずく。知っていたのだ。

「四年前だな。俺は葬式に行った。先生はクリスチャンだったから、教会だったが」

鹿乃は肩を落とした。「亡くなってはるん……」

それでは、手紙の差出人かどうか、直接確かめることはできない。長襦袢を慰めるために、会わせることもできない。

「石橋先生がどないしたん」

「この手紙、書いた人やないかて思て」

良鷹は手紙を一瞥《いちべつ》して、ぽんと手を打った。

「あー、そうか、『石橋《しやつきよう》』か」

「先生には息子がいただろ。いまはその人が北白川の家に住んでるのか?」

「結婚してはったんや」

鹿乃は思わず口をはさむ。

「ああ。奥さんももう亡くなってる」

「北白川におるんは、孫や。息子夫婦は大阪《おおさか》やったか神戸《こうべ》やったかにおる。仕事がそっちなんやて。孫のほうは大学がこっちやさかい、ひとりで暮らしとるんや」

「孫か」

訪ねてみるか、と慧は言った。

「何か話が聞けるかもしれない」

「そんなら俺も行ったるわ。孫には前にも会うてるし」

——というわけで、さっそく三人で石橋家を訪ねることになった。


「三人も押しかけて、大丈夫やろか」

石橋家まではそう遠くもなかったので、ぶらぶらと歩いて向かう。春の陽気が心地よい。

「かまへんて言うてたで」

石橋教授の孫には、良鷹が連絡してくれていた。めずらしく役に立っている。

「今日はバイトもないし、暇《ひま》しとるからちょうどええて」

「春野《はるの》さん——やったっけ、名前」

「せや。石橋春野。どっちも苗字《みようじ》みたいな名前やな」

春生まれなのだろうか。〈春乃〉とかにすればよかっただろうに、と思う。そのほうがかわいらしい。

「大学生で一軒家に悠々自適《ゆうゆうじてき》のひとり暮らしか。結構なご身分だな」

「そうか？　ひとりやと面倒そうやんか。掃除係がおらんで」

「わたしは掃除係とちゃうで、お兄ちゃん」

「いいかげん自分の部屋くらい自分で掃除しろよ、良鷹」

「本の山のなかで暮らしとるやつに言われたない」

「掃除はしてるぞ、俺は」

「どうせ床の空《あ》いてるとこちゃちゃっと掃除機かけてしまいやろ」

「それおまえだろ」

良鷹は掃除当番があたっても、いいかげんな掃除しかしないので結局鹿乃がやり直したりしている。

「何遍《なんべん》も言うてるけどな、お兄ちゃん。掃除はまず家具の上の埃《ほこり》を払って、それが床に落ち切ってから掃除機を――」

「おまえは俺の姑《しゅうとめ》か。そんな七面倒くさいことしとれるか、真面目《まじめ》に掃除なんかしたら筋肉痛になってまうわ」

「おまえは一度、筋肉痛になるくらい家事をしてみたほうがいいぞ」

「むだなことに筋力を使いたくない」

「おまえの筋力はいったいいつ使われるんだよ」

「女の子と遊ぶときやな」

慧が良鷹の脚《あし》を蹴飛《けと》ばした。

「友だちいねえくせに女遊びは一人前なんだからな、このろくでなしが」

「冗談やないか……あ、あかん、鹿乃がめっちゃ冷たい目しとる」

鹿乃は兄を無視して先を急いだ。慧と良鷹の母校がある吉田《よしだ》の辺りを行き過ぎ、北白川の地区に入ると、そのうち白川疎水《そすい》にたどり着く。石橋家は、この川沿いだという。

「ああ、あれや」

と、良鷹が指をさした。川沿いの一画《いっかく》、生垣の向こうに、柿色《かきいろ》の瓦屋根《かわらやね》にクリーム色の壁の洋館がたたずんでいる。こぢんまりとしているが、瀟洒《しょうしゃ》な外観の洋館である。

門からなかに入ると、イングリッシュガーデンというのだろうか、緑豊かな庭が鹿乃たちを出迎えた。良鷹の言っていた牡丹は、まだ花期でないから、鹿乃にはどれがそうなのかわからない。庭の隅に、屋根の一部がガラス張りになった小屋があった。壁も上半分ほどが窓になっている。温室や、と良鷹が言った。

「温室？」

「石橋先生は薔薇を育ててはったけど、いまはどうなっとるか知らん」

などと言っていると、その温室から人が出てきた。すらりとした長身の、二十歳《はたち》前くらいの青年だ。黒髪に涼やかな顔立ちをしていて、こざっぱりとした白いシャツを着ている。清潔そうな人だと思ったのは、そのシャツのせいだろうか。ちゃんとアイロンがかけられたシャツだ。その手には、新聞紙にくるまれた薔薇と、剪定《せんてい》ばさみがあった。

青年は、鹿乃たちを見とめて、かすかな笑みを浮かべた。

「――おひさしぶりです、鶉居堂《じゅんきょどう》さん」

落ち着いた声だった。〈鶉居堂〉というのは良鷹の屋号《やごう》である。

どうも、と良鷹は愛想笑《あいそわら》いひとつするでもなく答えた。

「君も薔薇育てとるんか？　春野くん」

と良鷹が言ったので、鹿乃は「え？」と兄の顔を見あげた。

「春野くんて――石橋先生のお孫さんて、男の人やったん？」

名前の響きから、てっきり女の人だと思っていた。

「言うてなかったか？」

聞いてへん、と答えて、鹿乃は慧のうしろに隠れた。――実は女子校育ちの鹿乃は、同世代の男子が苦手だ。対応に困る。

慧の背中から顔を出してうかがう鹿乃に、春野はほほえんだ。

「花の丸やな。きれいな着物や」

その言葉に、鹿乃は自分の着物を見おろした。着ているのは、桜鼠《さくらねず》に花の丸を描いたかわいらしい小紋《こもん》だ。

着物を褒《ほ》められれば、悪い気はしない。おずおずと鹿乃は慧のうしろから出た。

「電話で言うてはった、鶉居堂さんの妹さん？」

と、春野は良鷹を見る。そうや、と良鷹は答えた。

「高校生？」

と、これは鹿乃に訊いてくる。鹿乃はうなずいた。三年です、と小さな声でつけ加える。

「ほんなら、僕より二こ下やな。僕は今年から二回生や」

春野は、歳に似合わず落ち着いた、穏やかな話しかたをする人だった。老成《ろうせい》している、と言ってもいい。それは同世代の男子の乱暴なまでの賑《にぎ》やかさが苦手な鹿乃には、ありがたかった。話しやすい。

「……野々宮《ののみや》鹿乃です」

鹿乃はぺこりと頭をさげた。

「僕は、石橋春野。けったいな名前やけど、『万葉集《まんようしゅう》』の歌からとったんや。父が好きで」

春野はつぎに慧に目を向ける。

「そちらは、八島《やしま》さんですよね」

「なんや、知っとるんか」

良鷹が言うと、

「祖父の葬式に来てくれはりました」

と春野は答える。慧はちょっと驚いていた。

「よく覚えてるな」

「若い人はめずらしかったんで……」

慧よりずっと若い春野がそんなことを言うのがおかしくて、鹿乃はくすりと笑った。

「すいません、いつまでも庭先で。なか入ってください」

春野が言って、玄関へと案内する。手みやげに持ってきた菓子折りを渡してなかへあがると、鹿乃たちはリビングに通された。出てきたお茶をひと口飲んで、おいしいのにびっくりする。淹《い》れ方が上手なのだ。部屋はきれいに片づいていて、テーブルも清潔だった。真ん中に、小さなグラスに生けた赤い薔薇の花が一輪《いちりん》、飾られている。

「ほんまに、ひとり暮らしなんですか……？」

鹿乃が尋ねると、春野はふしぎそうに「せやけど？」と言った。

「きれいに片づいとるし、花まで飾ってあるから」

「僕、花が好きやねん。祖父の影響やけど。ひとり暮らしするまで気づかんかったけど、家事も好きやったみたいやな」

「ぜんぶ自分でしはるんですか？」

「自分でせな、やってくれる人はおらんからな」

では、彼の着ている皺《しわ》のないぱりっとしたシャツも、自分でアイロンをかけているのだろう。たいしたものだ。鹿乃はアイロンかけが苦手である。慧のほうがうまいくらいだ。母子家庭で育った慧は、良鷹と違って家事はひと通りこなす。そういえば、春野はたたずまいが慧にちょっとだけ似ているような気もする。

「祖父の部屋は、いまは僕が使《つこ》てるんやけど、ほとんど前のままやさかい、見ますか」

と春野が言うので、見せてもらうことにした。

二階にあるその部屋は、リビング同様、整理整頓が行き届いていた。慧の書斎のように本がたくさんあるが、床の上に積みあげられることはなく、本棚にきちんと収まっている。机の脇《わき》に小振りの飾り棚《だな》があり、そこに骨董のたぐいが飾ってあった。春野がそのひとつをとって、鹿乃たちに見せた。彫金《ちょうきん》の根付。牡丹だ。

「俺が売ったやつやな」

良鷹が言った。花弁の細工が細やかで美しい根付だ。棚にはほかにも、牡丹柄の陶器や、帯留《おびど》めがあった。

「祖父は牡丹が好きやったんです」

春野は根付を見つめた。

「なんでか、知ってはります?」

鹿乃が訊くと、春野は唇《くちびる》に秘密めいた笑みを浮かべた。

「『内緒やで』――そう言うて、僕に教えてくれたことがある。遠いむかしの、思い出話や。大学生のころ、祖父はこのあたりに下宿しとって、近所のお嬢さまに懸想《けそう》したんやて」

はっとした。

「お嬢さま――そのお嬢さまの、名前てわかりますか？」

「富貴子さんや。苗字は言うてなかったな。名前にちなんで牡丹が好きやったそうで、祖父の牡丹好きもそこからなんや。――どないしたん？」

やっぱり、石橋教授が手紙の差出人だったのだ。

「それを、その富貴子さんとの話を聞きたかったんです」

興奮気味の鹿乃に春野はやや面食らっていたが、「それやったら、役に立てそうでよかったわ」とやわらかく微笑した。

富貴子には弟がいて、近所のよしみで春野の祖父は家庭教師を頼まれた。そこで出会った富貴子に、ひと目惚《ぼ》れしたそうだ。

「田舎《いなか》から出てきた貧乏学生からすると、お姫さまみたいに見えたそうや。しかもそのお姫さまは、シェイクスピアを愛読しとった。祖父の専門分野や。それがきっかけで仲良うなって――恋仲になったんは、すぐやったそうや。そうなるんも、むりない話やろうけど」

　鹿乃が首をかしげると、春野はまたすこし笑って、机にもたれかかった。

「どっちにとっても、相手はそれまでまわりにおらんかったようなタイプやろ。新鮮さで二割増しええように見えるもんやわ」

「ふうん……」

　そんなものか。

「富貴子さんの家には、シェイクスピア全集があってな。祖父が買えんとおった全集や。それを貸してもらうようになって、祖父はそれを返すときにラブレターを忍ばせるようになったそうや」

「ラブレター」

「そう。シェイクスピアのソネットを使《つこ》た、暗号の手紙やて」

　あの手紙だ。

「でも、あるときから富貴子さんは会ってくれんようになったそうや。手紙を彼女の弟に頼んでこっそり届けてもろても、返事はなし。そのうち、彼女が結婚するゆうのを知った。祖父はふられたんや」

「それはちゃう、富貴子さんはふったわけやない、家のために——」

思わず急《せ》きこんで言った鹿乃に、春野は鷹揚《おうよう》にうなずいた。

「君の言う通り、富貴子さんは祖父を袖《そで》にしたわけやない。家の経済状況がのっぴきならんかったからやてゆうのを、祖父はだいぶあとになってから知ったんや。せやけど、そういう事情がなかっても、いずれ別れることになったやろうて言うてたけどな」

「え……」

なんで？　と鹿乃は問う。

「住む世界がちゃう。そういう相手とは、結局芯《しん》からは馴染《なじ》まへんのやって」

——達観《たつかん》した、というか、突き放したような言葉だと思った。

「そんな……」

「もう、むかしの話や。祖父も未練があってこんな牡丹の——富貴子さんのよすがを集めとったわけやない。思い出なんや。若いころの、ありったけの力を傾けて恋ができたころの思い出や。歳とると、そうゆうんが懐かしなるんやて言うとった。——さすがに祖母にも父にも黙っといてくれて言われたけどな」

春野は牡丹の根付を棚に戻した。

「君は仲良かったんやな、石橋先生と」

棚にあるほかの骨董品を眺めていた良鷹が言った。「せやから、なんとのう老成した感じがするんやわ、君」

「仲ええゆうか……気が合《お》うたてゆう感じですね」

「――春野くん、これは？」

入り口近くの壁の前にいた慧が、春野を呼んだ。慧は壁にかかった額を見ている。鹿乃も近づいた。額のなかには、写《うつ》し友禅《ゆうぜん》の端切《はぎ》れが飾られていた。

「……石橋《しゃっきょう》」

鹿乃はつぶやいた。端切れは、牡丹と獅子の柄だった。

「うん、そうや」

隣に立った春野が言った。

「これ、祖父の羽裏《はうら》でな。うちの苗字とかけた洒落やな」

「羽裏……」

羽織の裏地である。いまもむかしも男性の着物は地味なぶん、裏地や襦袢で遊ぶことが多い。

手紙にあった判子といい、石橋教授は自分のしるしに好んで牡丹と獅子を使っていたのだろう。

鹿乃は、つと春野をふり仰《あお》いだ。

「あの、羽裏やったら、もっと生地《きじ》ありますよね？」

額に入った端切れは、十五センチ四方ほどの小さいものだ。羽織の裏地から切りとったのなら、もっと布地が残っているはずだ。

「あったと思うけど……ちょっと待っとって」

と言って春野は部屋を出ていった。しばらくして戻ってきた彼の手には、額に入っているのとおなじ端切れがあった。

「これしかなかったわ。なんかに使《つこ》てしもたんかもしれん」

端切れは背中部分のものが一枚。――じゅうぶんだ、と思った。

「それ、いただけませんか」

鹿乃が言うと、春野はすぐに「ええよ」と快諾《かいだく》してくれた。

「古裂《こぎれ》が好きなんやったら、ほかにもようけあるけど？　祖母が好きで集めとったんや」

「いえ、これだけでいいんです。ありがとうございます」

子の柄を見つめた。

「どうするんだ？」

と横合いから慧が訊いてくる。うん、と答えにならない相槌《あいづち》を返して、鹿乃は牡丹と獅子の柄を見つめた。

それからしばらくは慧と良鷹が春野相手に石橋教授の思い出話に花を咲かせていたが、あまり長居しても悪いので帰ることにした。玄関まで来たところで、春野が「ちょっと待っとってくれる？」と言い置いて奥へと戻っていく。待っていると、春野は新聞紙にくるんだ薔薇の花束を抱《かか》えてやってきた。鹿乃たちがここへ着いたときに、温室で切っていたものだ。

「これ、よかったら持ってって。新聞紙なんかで具合悪いけど」

淡いサーモンピンクの薔薇だ。手渡された瞬間、ふわりと甘い香りがただよう。

「……ええにおい」

花弁に顔をくっつけるようにして、においをかいでみる。瑞々《みずみず》しいにおいだ。そのにおいには、どことなく春野を思わせる清潔さがあった。

「温室で育てはった薔薇でしょう？　せっかく育てたんを、こんなにもろてしもて、いいんですか?」

「ええよ。僕がひとりじめしとるより、君にもろてもらうほうがええわ。――薔薇が欲しなったら、いつでもおいで」

そう言って、春野は微笑した。つねに静かに笑う人だ。水みたいに。あるいは――。

「植物っぽい人やな」

石橋家を出て、鹿乃はつぶやいた。霧《きり》けぶる山奥の谷あいにひっそりと咲く、夏椿《なつつばき》みたいな人だと思った。

「あれは植物とちゃうと思うで」

良鷹は言う。

「い、い、たらしのたぐいや」

「え?」

「照れもせずよく薔薇の花束なんか渡せるもんだよな」

と、慧もうなずいている。

「それで、もらってきた端切れはどう使うんだ?」

「あの長襦袢が、どうやったら泣きやむやろ思て――富貴子さんは、縁談が決まって石橋先生と会わんようになったんやんな。会わせてあげたい、て思たけど、石橋先生も亡くなっとるし……せやったら、これが代わりになるんとちゃうかなって」

鹿乃は袂に入れていた端切れをとりだし、眺めた。枯茶色《かれちゃいろ》の地《じ》に紅白の牡丹と、それに戯《たわむ》れかかるような獅子の図。

「代わり？」

「うん。あんな、お祖母《ばあ》ちゃんは、どうやって泣きやませたんかな？　もし、わたしが考えとるんとおなじことしたんやったら――」

うちにもあると思うねん、と鹿乃は言った。

家に帰ってきた鹿乃は、まず祖母の部屋へと向かった。箪笥《たんす》の一番上にある小さな抽斗《ひきだし》を引き抜いて、なかをあらためる。抽斗の中身は、半衿《はんえり》だ。白の塩瀬《しおぜ》からはじまり、藤色《ふじいろ》の縮緬《ちりめん》に桜の刺繍が入ったもの、青磁色《せいじいろ》の絽《ろ》に燕柄《つばめがら》のものなど、実にさまざまなものが揃《そろ》っている。

「……やっぱり、あった」

鹿乃は、一枚の半衿をとりだす。それは、枯茶色の地に紅白の牡丹、そして獅子の描かれた——石橋家からもらってきた端切れとまったくおなじ布だった。祖母も、おなじ布をもらってきていたのだ。——鹿乃の考えは、間違ってなかった。

鹿乃は半衿と裁縫道具を持って、広間に向かう。広間には、納戸《なんど》にしまってあった長襦袢を出してもらっていた。泣き声が聞こえる。

「それ、さっきの端切れか?」

慧が鹿乃の手にある半衿を見て首をかしげる。

「ううん。お祖母ちゃんが持っとった半衿。お祖母ちゃんも、もろてきてたんや」

「じゃあ——おふじさんとおなじ答えを見つけたってことだな」

長襦袢を手に、鹿乃はソファに座った。獅子牡丹の半衿を、襦袢の衿に縫《ぬ》いつけていく。ひと針縫うごとに、富貴子の思いが伝わってくるようだった。身を引き裂かれるようなものだったろう。好きな人をあきらめなくてはならないというのは——向こうがどれほど痛切な手紙を寄越《よこ》しても、それを無視するほかないというのは。

「もし、富貴子さんが事情を打ち明けとったら……石橋先生は、どうしとったやろう?」

針を動かす手をとめて、鹿乃は言った。

「駆け落ちでもしたか、ってことか?」

慧が言って、しばらく考えるように黙ったあと、答えた。

「ないだろうな。先生はまだ学生で、富貴子さんは令嬢だ。先は知れてる。春野くんが先生の言葉として、言っていたろう。住む世界が違う、と」

――住む世界がちゃう。そういう相手とは、結局芯からは馴染まへんのや。

「石橋先生は自分を選ばへんて、富貴子さんはわかっとったから……」

鹿乃は、富貴子が手紙を縫いこむためにこの長襦袢を選んだ理由が、わかったような気がした。

とり殺してしまいたいほど、恋こがれていたのだ。割り切ってあきらめることなどできない。恨《うら》めしげで悲しげなこの長襦袢は、思い乱れる彼女の心そのものだ。

攫《さら》っていってと、ほんとうはそう叫びたかったのだ。けれど、彼は攫っていってはくれないだろう。心が裂かれるようにつらくても、あきらめるだろう。そういう人だと、わかっていた。

だから、打ち明けなかったのだ。恨み言を言われても、憎まれても、仕方がないとあきらめられるよりいい。憎んでいるうちは、恋は終わらない。だからいっそ、恨んで、憎んでいてほしい――。

鹿乃は深く息を吐いて、ふたたび針を動かした。ひと針、ひと針、半衿が襦袢に寄り添っていくにしたがって、泣き声は、遠くなっていく。すすり泣きが、かすれていく。最後の玉どめを終えて糸をぷつんと切るころには、泣き声はすっかり消えていた。

「……ひとつ疑問があるんやけどな」

泣きやんだ襦袢をたたみながら、鹿乃は言った。

「お祖母ちゃんは、なんで半衿をつけたままにしとかんかったんやろ？　そしたら、蔵《くら》が開いたからって、また泣きだすこともなかったんとちゃうんかな」

答えたのは、良鷹だった。

「物事は、なんでも変化するやろ」

「？　うん」

「思いも変化する。——欲や」

良鷹は、ソファに寝転ぶことなく、気だるげにひじ掛けにもたれかかって座っている。

「いまはあの半衿で満足しとっても、そのうち欲が出てくる。満足できんようになる。そうなってしもたら、もうあかん。焼いて処分するしかなくなる」

「えっ……焼くん？」

「焼くか川に流すんが、むかしから浄化の作法や。流すわけにはいかんさかい、まあ、焼かなならんわな」

お祖母ちゃんには、そうやって焼いて処分するしかなかったもんがあったんや、と良鷹は言った。

「できるだけ、そんなん、したないやろ」

鹿乃はうなずいた。――蔵にしまう前に、半衿ははずしてしまおう。

「お兄ちゃん、そんな話、お祖母ちゃんから聞いとったん？」

良鷹は答えない。慧が、口を開いた。

「俺も、ひとつ疑問があるんだが」

と、良鷹のほうを見る。

「そもそもおまえ、なんだって蔵を開けた？『ちょっと見たいものがあって』蔵を開けたのがたまたま俺も鹿乃もいないときで、さらにうっかり鍵《かぎ》をかけ忘れたってのは、都合がよすぎるだろう。いくらおまえでもな」

良鷹はあさってのほうを見ている。

「俺と鹿乃の学校がはじまるのを待ってたな？　開けるのを咎《とが》められないように」

「……お兄ちゃん？」

声をかけると、良鷹は鹿乃のほうをちらりと見た。

「なんで蔵を開けたん？」

ふたりから詰問《きつもん》されて、良鷹はめんどくさそうな顔で立ちあがった。

「あっ、ちょっと、お兄ちゃん！」

良鷹は部屋を出ていってしまった。なんやの、と思っていると、帰ってきた。手に、一冊のノートを持っている。若草色の表紙の、古ぼけたノートだ。

「ほい」

と、良鷹はそのノートを鹿乃に渡してきた。

「何？」

鹿乃はぱらぱらとページをめくる。そしてはっとした。

「この字……」

「お祖母ちゃんの日記や、それ」

鹿乃は兄を見あげる。

「どういうこと？」

「渡してくれて、言われとったんや。お祖母ちゃんに」

「お祖母ちゃんに？　なんで」

「段取りが違《ちご》てしもた」

「え？」

良鷹はため息をついて慧の隣に座った。ずるずるとソファの背にもたれかかる。

「一周忌《いっしゅうき》が終わったら、頃合いで俺が蔵を開ける予定やった。それやのに、おまえ、勝手に開けてまうから」

ややこしなったわ、と良鷹は言った。

「なんなん、それ」

「お祖母ちゃんからの宿題や」

良鷹は手を頭のうしろで組んで、鹿乃を見た。

「あの蔵にはな、お祖母ちゃんの着物がひとつだけ、あんねん」

「――え!?」

鹿乃は目を見開く。

「嘘《うそ》や、お祖母ちゃんが誂《あつら》えそうなんは、ひとつもなかったで」

「ある言《ゆ》うたらあるんや。で、それをさがすんが、宿題。その日記がヒントや。お祖母ちゃんの着物がどれか、あてられたら合格」

鹿乃はノートに目を落とす。

「合格て……合格やなかったら、どうなるん」

「蔵の着物は処分しろて言われとった」

処分とは、つまり焼くということか。

「どれかわかるようやったら、あそこの着物まかせても大丈夫やろ、てことや。手に余るようやったら、処分せなならん。俺は管理とかめんどいし、おまえが管理できんようならお手上げや。――そんでそろそろ開けてみよか、て思てたら、おまえが開けてもうた」

さてどうしたものかと思案《しあん》するうち、源氏車《げんじぐるま》の着物の騒動があり、『宿題』どころではなくなった、という。

「まあ、ほんであらためて仕切り直そか、て思て――」

「開けたのか」

慧が言葉を引き継いだ。せや、と良鷹はうなずいた。

「そしたらまた、べつの着物でごたごたしよったけどな。それも解決したし、ちょうどこころでそのノート出そと思とったとこや」

鹿乃は首をかしげた。

「そんならそうと、最初から言うてくれたらええやん。何もこっそり開けんでも……」

「こっそりやったほうが、おもろいやろ」

「お兄ちゃん」

鹿乃がにらむと、良鷹は顔をそらした。慧がその顔をじっと眺めている。

「おまえはいいかげんなろくでなしだが、嘘はあまりうまくない」

「——は？」

良鷹がけげんそうに慧を見やった。

「『こっそり』やるつもりだったのは、『宿題』自体だろ」

鹿乃も慧を見る。

「宿題自体こっそり、って？」

「蔵でその日記を見つけたようなふりでもして、渡すつもりだったんだろう。それからあの蔵にあるおふじさんの着物をさがすよう誘導する」

「なんでそんな、面倒なことするん？」

面倒なことが大嫌いな兄が。

「宿題に合格できなかったら、あの蔵の着物は処分されるからだよ」

「処分……焼かれる、てゆうことやんな」

合格できなかったら、焼かれてしまう。

「鹿乃が、おふじさんの着物を見つけられなかったら、な」

「わたしが――」

「そんなことになったら、鹿乃はつらいだろう」

「え……」

――わたしのせいで、着物が焼かれてしまったら。

燃えあがる炎にまかれて焼かれていく着物が脳裏《のうり》に浮かんで、頭をふった。そんなのは、いやだ。

「だから、良鷹は黙って宿題を出そうとしたんだよ」

鹿乃が責任を感じずにすむように。

慧は、いつになくやさしい笑みを浮かべた。鹿乃は、良鷹に目を移す。兄は、なんだかふてくされたような顔をしていた。

「わたしがお祖母ちゃんの着物、見つけられへんかったら、お兄ちゃんひとりで蔵の着物、処分するつもりやったん？」

「……俺はべつに、着物に愛着とか、ないからな」

それは嘘だ。良鷹は、精魂《せいこん》こめて作られ、受け継がれてきたものを、愛している。だから古美術商なのだ。

ノートを持つ手に、ぎゅっと力がこもる。良鷹は、ふだんは兄らしいことは何もしない人だけれど——祖母に代わって鹿乃の授業参観や三者面談に来てくれていたのは、彼だ。一度も欠かさず。妙なところで、保護者らしいことをする人だった。

「わ……わたし、見つけられると思う」

鹿乃は祖母のノートを胸に抱きしめた。

「大丈夫や」

良鷹は鹿乃をちらりと見ただけだった。

「そう思ったから、話したんだろ、宿題のこと」

と、慧が言う。

「鹿乃は源氏車の着物も牡丹灯籠の着物も、対処できた。すでに管理できてる。鹿乃なら、おふじさんの宿題も解けるはずだ」

「……心配はしてへん」

良鷹はひじ掛けを枕《まくら》にして、ごろりと横になった。足もとには慧が座っているのだが。慧は顔をしかめて良鷹の脚《あし》をたたくと、鹿乃の隣に移ってきた。兄と、慧の顔を鹿乃は順番に眺める。

「なんだ?」

「……ううん。なんでもない」

鹿乃はノートを胸に抱え直して、ほほえんだ。

*

——そういえば、春野からもらった端切れは、結局使わなかった。

「返したほうがええかな……」

にんじんとごぼうの肉巻きを箸《はし》でつまんで、鹿乃はつぶやいた。

「返す？　何を」

たけのこの味噌汁《みそしる》の椀《わん》を手にした慧が訊いてくる。夕食の最中だった。テーブルにはほかに、菜《な》の花のからし和《あ》えと豆ご飯が並んでいる。今日の料理当番である慧が作ったものだ。家事全般に粗漏《そろう》のない慧だが、とくに料理の腕前はそうとうなものである。この肉巻きも絶品だ。

「春野さんに、端切れもろたやろ。でもお祖母ちゃんのがあったから、使《つこ》てないやん。返したほうがええかなて思て」

「一度もらったものを返すのは失礼だぞ」

たしかに。

「せやったら、何かお礼しよ。あれ、ただでもろてきてしもたし、薔薇ももろたし。菓子折りでええやろか……あ、お茶。お茶の葉にしよかな。春野さん、淹れるん上手やったし」

と言うと、良鷹が、

「お茶っ葉、寺町《てらまち》の店のでええんやったら、明日買《こ》うてきたるで」

と豆ご飯を口に入れながら言った。「あっちの骨董屋行ってくるさかい」

「ほんま？　忘れんといてな」

「覚えとったら、買うてくる」

不安だ。兄はこう言ってちゃんと覚えていたためしがない。

「ちゃんと買うてきてな。学校から帰ってきたら、届けにいくから」

慧がすすっていた味噌汁の椀から口を離した。

「ひとりで行くつもりなのか？」

鹿乃は目をぱちくりさせる。

「迷ったりしいひんよ？」

慧は渋《しぶ》い顔をした。

「そういうことじゃない。ひとり暮らしの男のところに、女の子がひとりきりで訪ねるものじゃない」

「……びっくりした。慧ちゃん、そういうこと言うんやな」

父親みたい、と鹿乃は思った。世間の父親がそういうことを言うものなのか、実際のところ鹿乃は知らなかったが。

「でも、知らん人やないし。そんな心配せんでも」

「あのな、知り合いだから安心ってことはないんだぞ。ましてや、ついさっきまで顔も知らなかった相手だろうが」

あきれたように言われた。同感やな、と良鷹までが言う。

「あれはあかん。手ェ早い顔しとる」

「おなじ女たらしの勘《かん》か。いてっ」

良鷹がテーブルの下で慧の脚を蹴飛ばした。

「お茶の葉はおまえが買いにいくんだろ、だったらついでに春野くん家《ち》まで届けにいけよ」

「それはいやや」

慧はすねをさすりながら良鷹をにらみつける。

「なんでだよ」

「なんで男の面《つら》なんぞわざわざ見にいかなあかんねん」

おまえなァ、と慧は顔をしかめている。

「ほな、やっぱりわたしが――」

「あー、もう、わかったよ。俺が行く」

慧はしかめっ面《つら》のまま頭をかいて言った。

「慧ちゃんが？　でも、仕事あるやん」

「朝早いわけじゃないからな。大学行く前に寄ってく」

「大学と反対方向やけど」

「そうだよ。めんどくせえ」

「せやから、わたしが行くのに……」

「おまえはやることがあるだろ」

「やること？」

「おふじさんの日記。読まないといけないだろ」

「あ……」

鹿乃はうなずいた。

「そっか。そやな」

そうだろ、と言って慧は肉巻きを口に放りこんだ。鹿乃はぴりっとする菜の花のからし和えを食べながら、祖母の日記のことを頭に浮かべる。日記は、今夜からじっくり読みはじめるつもりだ。どんなことが書いてあるのだろう、と思う。一度虫干《むしぼ》しした蔵の着物たちを思い返してみても、祖母の好みらしいものは思い出せない。けれど、きっと見つけてみせる。

さがしだせたら、それを着て、慧ちゃんたちといっしょにお墓参りをしよう、と思った。

星月夜

野々宮家《ののみやけ》には、猫がいる。

飼っているわけではない。一年ほど前からだろうか、白猫が、ときおり庭に姿を見せる。どこかべつの家で、ちゃんと飼われている猫らしい。いつ見ても、新雪のように真っ白な毛並には汚れのひとつもなく、乱れもない。しゃなりしゃなりと歩いていて、鹿乃《かの》たちの姿を見てもあわてて逃げたりしない。つんと顎《あご》をあげて、優雅に庭を横切っていく。煮干《にぼ》しをちらつかせても、見向きもしない。誇り高いお猫さまである。

その日、学校から帰ってきた鹿乃は、庭の雪柳《ゆきやなぎ》の下に座っている白猫を見つけて、そっと近づいた。あまり近づくと逃げてしまうので、じゅうぶん距離をおいたところでしゃがみこむ。今日も真っ白できれいな毛並だ。触ったらさぞかし気持ちいいだろう。触ってみたくてうずうずするが、気高《けだか》いこのお猫さまはそんなことを許してくれはしない。

「なんや、帰ってきとったんか。鹿乃」

離れの縁側に座った良鷹《よしたか》が、声を投げてきた。その向かいには慧《けい》もいる。ふたりで将棋《しょうぎ》をさしていたようだ。慧は受け持ちの講義がない日だった。

「うん」と鹿乃は立ちあがり、縁側に歩みよった。

「縁側で将棋って、おじいさんみたい」

「良鷹がつきあえってしつこいんだよ。暇人《ひまじん》め」

慧はぶつくさ言うが、まんざら嫌々やっているわけでもなさそうだった。ゲームをはじめる前は文句を言っても、いざはじめるとけっこう熱くなる人である。

「鹿乃、お茶頼むわ。小腹もへったな」

良鷹は鹿乃のほうを見もせずにそんなことを言う。

「お兄ちゃん、わたしいま帰ってきたとこ」

「せやから言《ゆ》うてるんやないか。母屋《おもや》行くやろ」

ぐうたらお兄ちゃんめ、と思いながら鹿乃は言葉を返す。

「お茶やったら紅茶のほうがええんとちゃう？　カスタードプリン買ってきたから」

鹿乃は手にさげていた袋をちょっとかかげる。おやつにしようと帰りに買ってきたのだ。

表情の変化にとぼしい兄の顔に喜色《きしょく》が浮かぶ。プリンが好物なのだ。

「しゃあないな。じゃあ、紅茶淹《い》れてくるわ」

良鷹はうってかわっていそいそと腰をあげる。あらゆることがいいかげんな良鷹だが、なぜか紅茶を淹れるのだけはやたらとうまい。

「スプーン持ってきてな」

鹿乃も着替えるために母屋へ行こうと、プリンの入った袋を縁側に置いて、きびすを返しかけた。と、庭の片隅にいた白猫が、いつのまにかいなくなっている。いつでもそんな風に、ふと姿を見せて、ふいといなくなる猫だ。

「リリー、どっか行ってしもた」

「リリー?」

母屋に向かいかけていた良鷹も、慧も、声をそろえてふしぎそうに訊《き》き返した。

「時々、庭に来る白猫や。よその飼い猫みたいなんやけど、勝手にそう呼んどるん」

〈リリー〉は『鏡の国のアリス』に出てくる白の歩《ポーン》の名前だ。

「ああ、そういや見かけるな。俺は〈タマ〉って呼んでるぞ」

「え……慧ちゃん、びっくりするくらい安直やね」

「〈白玉《しらたま》〉の〈タマ〉だよ。悪かないだろ」

「せやったら〈白玉〉でええやん。そっちのがかわいいわ」

「俺、〈白楽天《はくらくてん》〉て呼んどったわ」

良鷹が言う。どうやら、めいめいが勝手に好きな名前で呼んでいたようである。

鹿乃は母屋に向かい、自室で制服からスモーキーピンクのニットとショートパンツに着替えた。離れに戻ると、良鷹がすでに紅茶を運んできている。紅茶にプリンだと離れの縁側よりも母屋のテラスのほうがいいような気もしたが、まあいいか、と鹿乃は縁側に腰をおろす。砂時計の砂がきっちり落ち切るのを待って、良鷹はティーカップに紅茶をそそいだ。ふわりとさわやかな、いい香りがただよう。つぎ終えると良鷹はポットにティーコジーをかぶせた。この几帳面《きちょうめん》さをほかに発揮できないものだろうか。

「日記のほうはどうだ？　鹿乃」

紅茶を飲みながら慧が訊いてくる。

「まだとちゅう」

と、鹿乃はたずさえてきたノートを膝《ひざ》の上にのせる。

「お祖母《ばあ》ちゃん、達筆《たっぴつ》やし、むかしの言葉遣《づか》いで書かれとるから、読みにくいんやけど……これな、お祖母ちゃんが十七のころの日記やねん」

「鹿乃と同い年のころか」

「そう」

「十七っていうと、たしか……」

うん、と鹿乃はうなずいてノートを開いた。

「お祖母ちゃんが、結婚した歳《とし》や」

この日記は、その結婚当時のことを記したものだったのである。


ノートには、祖母のきっちりとしたきれいな文字が並んでいる。この日記をヒントに、蔵《くら》にある着物のどれが祖母のものなのか見つけだすこと――。日記には、その日着た着物についで書かれていることもあるけれど、そのうちのどれかなのだろうか。でもきっと、そんな単純なことではないはずだ。

「おふじさんとご主人は――健次郎《けんじろう》さんだったか、俺は会ったことないが、どういうなれそめだったんだ？」

鹿乃の祖父は、慧がこの家に下宿をはじめる前に亡くなっている。

「政略結婚やろ」

と、良鷹が答える。

「どっかの財閥《ざいばつ》のボンボンやったはずやで、お祖父《じい》ちゃん」

「大阪の財閥の次男や。お祖母ちゃんのお父さんが、お祖父ちゃんの才覚を見こんで婿養《むこよう》子《し》に選んだんやて」

日記にそう書いてあった。

「しかし商家の息子じゃ、婿養子にしても爵位《しゃくい》を継げなかったんじゃないか?」

華族令《かぞくれい》のもとでは女子の相続は認められず、婿養子にしても華族であること、おなじ一族であること、など条件が厳しく定められていた。

「お祖母ちゃんのお父さんは、自分の代で爵位返上するつもりやったって。それで一族内で揉《も》めたらしいけど」

「へえ。おふじさんの父親は、先見《せんけん》の明《めい》があったんだな。名より実《じつ》。どのみち華族制度はなくなったし、戦後の混乱期を乗り越えられたのは健次郎さんのおかげだったわけだから」

鹿乃はうなずいて、でもな、と言った。

「あとからしたら、それでよかった、て思うけど、そのときはわからへんやん。お祖母ちゃんはな——お祖父ちゃんのこと、最初は嫌いやったみたい」

慧が意外そうに眉《まゆ》をあげた。

「そうなのか。でも、仲良かったんだろ?　おふじさんたち」

「うん」

幼いころのおぼろげな記憶ではあるが、祖父母の仲は良かった。見るからに仲睦《なかむつ》まじい、という感じではないのだが、おたがい、底のほうで信頼しあっているようなところがあった。

けれど、見合いの席で顔を合わせた祖父に対する祖母の評価はさんざんである。

「《縦《たて》にばかり長く伸びた出来損《できそこ》なひの大根のやう》で、《眼鏡《めがね》の奥の瞳《ひとみ》も笑ひ方も胡散臭《うさんくさ》い》から《ひと目で厭《いや》になつた》んやて」

祖父は、ひょろりとした体格の、愛想《あいそ》のいい青年だったようだ。鹿乃の覚えている祖父は、何を言われても柳に風と受け流すような、飄々《ひょうひょう》とした人だった。

「辛辣《しんらつ》だな、おふじさん……」

「お祖母ちゃん、気ィ強いから」

鹿乃はぱらぱらとページをめくる。嫌いだと綴《つづ》りつつも、祖母は結婚自体は拒絶していない。《父が言ふのだから仕方ない》と書いている。意外やな、と思った。祖母なら、いやならいやで押し通しそうだが。時代柄《がら》、そうもいかなかったのだろうか。

昨日はつつがなく祝言《しゅうげん》が行われたところまで読んだ。鹿乃はさっそくその続きを読みはじめる。

《夜になつても花婿が帰らない。友人と酒を飲みに行つたといふ。夜更《よふ》けになつて漸《やうや》く帰つて来たと思へば、したたかに酔つてゐた。腹が立つたので、水差しの水を頭からかけてやつた》

「お、お祖母ちゃん……」

いくら相手が泥酔《でいすい》していたからって、結婚したその晩に花婿に水を浴びせる花嫁がいるだろうか。さらに《部屋から追ひ出したので、その晩はどこで寝たのだか知らない》とあるのだから、祖父はよく実家に帰らなかったものだと思う。

続きを読んでみると、翌朝、祖父は酔いつぶれたことを祖母に陳謝《ちんしゃ》している。《僕は酒に弱いもんやから、飲まへんやうにしとつたんですけど、と彼は言つた》――だが、コップの日本酒を水と間違えて飲んでしまったのだ、と祖父は言っている。対して祖母は、《白々《しらじら》しい》。にべもない。この件もあって、結婚当初のふたりはうまくいっていなかったようだ。

《庭の薔薇《ばら》を切つてゐると、健次郎さんがやつて来た。何といふ薔薇ですかと尋《たず》ねてくる。知りませんと答えた。薔薇は薔薇です。ほかに名前など要《い》りません。と言ふと彼は笑つてゐた。

何故《なぜ》笑ふのですか、と訊くと、貴方《あなた》らしいと思つたので、と言ふ。わかつたやうな物言ひが気に食はない。つんとして黙つてゐると、薔薇の棘《とげ》は何故あるのかわかりますか、などと言ふ。身を守るためだ。そう言ふと彼は、臆病《おくびょう》やからですよ、と言つた。

私のことを言つてゐるのだ。

きつと彼を睨《にら》むと、何でも見通してゐるかのやうな厭な眼で私を見てゐた。私はこの眼が大嫌ひだ。

私は臆病ではありません、と言ふと彼は出し抜けに私の手をとつたので驚いた。僕は怖くありませんよ、と彼は笑つた。貴方が怖がることはしません。貴方が嫌がることもしません。だから安心してください。そう言つて、今思ひ出しても顔から火が出るやう、彼は私の指先に口づけたのだ。

私は手を振り払つて、彼の頬《ほお》を打《ぶ》つた。嫌がることはしないと今言つたではありませんか。

彼は忌々《いまいま》しくも、かう言つた。――厭ではなかつたでせう？》

鹿乃はいったんノートを閉じた。どきどきしていた。――お祖父ちゃんは曲者《くせもの》だ、と思う。こんなの、読んでしまっていいのだろうか。人の恋愛をのぞき見している気分だ。

鹿乃はノートの表紙をなでる。そっけない紙の表紙だが、祖母の好きだった若草色だ。

祖母はおそれていたのだろうか、と思った。祖父のことを。薔薇の棘のようにつんつんと祖父を拒絶するのは、そのせい？　何が怖いのだろう？

鹿乃は庭に目をやる。雪柳の植えこみの奥に、ちょっとした薔薇の園があった。花壇がいくつか設《しつら》えてあって、初夏のころ、盛りを迎える。いまは若芽が出てきたところで、蕾《つぼみ》もまだない。あの場所に、ふたりはいたのだ。若いころのふたり。鹿乃は、ああ、とあらためて気づく。――祖母は、わたしとおなじ、十七歳だったのだ。

終日、日記を読んでいるというわけにはいかない。学校があるし、宿題があるし、家事があった。あいまの時間にちまちまと読み進めていたが、いっきに読んでしまうのが惜しくてそうしていたという面もある。懐《なつ》かしい祖母の字を追い、祖母の若いころを知るのは、とてもしあわせな時間だった。

「十七歳で結婚するって、どんな気持ちやろ」

学校での昼休み、お弁当を食べながらぽろっともらすと、梨々子《りりこ》が目を丸くした。

「えっ、鹿乃、結婚するん？　慧ちゃんと？」

「ちゃうちゃう、そんなわけあらへんやん」

鹿乃はあわてて首をふった。

「お祖母ちゃんの話や。お祖母ちゃん、十七歳で結婚してん」

「へえ。まあ、むかしの人はそんなもんやろな。知らんけど。——鹿乃、ハンバーグとこっちのからあげ、交換せえへん？」

ええよ、と言って鹿乃は梨々子のお弁当のからあげをつまみあげた。梨々子の箸《はし》がチーズののったハンバーグを持っていく。

「今日のお弁当は誰作？　鹿乃？」

「お兄ちゃんやけど、ほとんどわたしや慧ちゃんが作り置きして冷凍しといたやつや……」

「鹿乃はともかく、慧ちゃんも意外とマメやんな。このハンバーグはどっちの？」

「慧ちゃん」

「八島《やしま》さんてタコさんウインナーとか作るタイプだよね」

奈緒《なお》が淡々と言った。

「あれ、なんでわかるん？　カニさんも作れるよ」

リクエストすればタコに黒ゴマの目とかまぼこの鉢巻《はちま》きまでつけてくれる。「めんどくせえな」という文句つきではあるが。

「リンゴはうさぎさんにしてくれるしな。慧ちゃん、ええ奥さんになるわ」

ハンバーグを口に入れた梨々子はそう言って、つと首を傾けた。「あれ、なんの話しとったんやったっけ」

「鹿乃のお祖母さんが十七歳で結婚したって話でしょ」

「せやせや。十七で結婚なあ。鹿乃のお祖母さんてお嬢さまやろ。お見合い結婚？」

「うん。父親が決めたんやて」

「古風やなあ。けど、それがどないしたん」

「お祖母ちゃんの日記、見つけて読んどるとこなんやけど」

「日記！　おもろそうやな。どんなこと書いてあるん」

「結婚したときのこと。……あんな、結婚した相手が怖いと思うんって、なんでやと思う?」

「え、何なん、暴力夫?」

「ううん、そういうんやないねん」

鹿乃は日記の内容をかいつまんで説明した。

「──お祖母ちゃんが臆病なんやって。怖いから、薔薇が棘で身を守るみたいに、つんけんするん。でも、それって、何が怖いんやと思う?」

梨々子は、「えー?」と首をかしげた。

「さっぱりわからん」

「そう?」

と言ったのは、奈緒だ。

「わたしはわかる気、するけど」

鹿乃は身をのりだした。

「ほんま?　何が怖いん?」

「たぶん──」

奈緒は目をそらして伏せた。

「好きになってしまうのが、じゃないかな」

鹿乃は奈緒のつるりと白い肌を見つめた。

「好きになるんが怖い、かあ。なっちゃんは好きな人に素直になれへんタイプなんやな。見たらわかるけど」

梨々子がにやにやしている。奈緒は彼女をにらんだ。顔がちょっと赤い。

「……お祖母ちゃんもそうやったんかなあ……」

好きになるのが怖い、という言葉を反芻《はんすう》しながら鹿乃は、薔薇の園のなかで祖父をにらむ、若き日の祖母を思った。

*

鹿乃は、簞笥《たんす》から着物を引っ張り出して悩んでいた。今日はこれから慧と、約束していた観劇に出かけるのだ。能《のう》の『熊野《ゆや》』と『石橋《しゃっきょう》』を観《み》にいくのである。どれを着ていこう。『石橋』だからといって獅子《しし》に牡丹《ぼたん》では野暮《やぼ》だろう。『熊野』は花見が舞台だから、桜柄《さくらがら》の着物にしようか。ちょっとそれも、つまらない気がする。

うーん、と悩みつつ、箪笥から、白地に鴇色《ときいろ》の市松柄《いちまつがら》が入った小紋《こもん》をとりだした。淡いピンクの市松柄はぼかし模様になっていて、かわいらしい雰囲気《ふんいき》の一着だ。さらに牡丹色地の子猫柄の帯を出す。祖母は猫柄が好きだったので、着物に限らず猫をあしらった持ち物がけっこうある。

鹿乃はこの小紋と帯で出かけることにした。市松模様を紅白の牡丹に、猫を獅子に見立てたかわいい『石橋』だ。

「ずいぶんかわいらしい獅子だな」

着替えをすませて階下におりてきた鹿乃を見るなり、慧は言った。ひと目でわかってもらえたことがうれしくて、鹿乃ははにかんだ笑みを浮かべた。慧はといえば、黒いニットジャケットに黒のパンツと、あいかわらずの黒い格好だ。なかに着たカットソーだけ、かろうじてライトグレーである。

岡崎《おかざき》にある能楽堂《のうがくどう》までは、慧の運転する車で向かう。京都《きょうと》市内には大きいものから小さいものまで能楽堂が四つも五つもあって、観るのには困らない。奈緒などは能が好きで、ひとりでふらりと観にいくことがよくあるそうだ。

「学校でな、リコたちとお祖母ちゃんの日記の話、しとったんやけど」

慧がハンドルを握る横で、鹿乃は奈緒の言ったことを話した。

「なるほどな」

「どう思う?」

「日記ではどうなんだ?　おふじさんと健次郎さんは、まだ仲が悪いままなのか?」

「まだぜんぶ読めてへんのやけど……微妙。お祖母ちゃんはあいかわらずつんけんしとる。お祖父ちゃんが受け流しとるから、ケンカはしてへんけど」

「ふうん。着物はわかりそうなのか?」

「うーん……今日はどういう着物やったとか書いてる日もあるけど、そういう着物とはちゃうと思うし……」

「まあ、そうだろうな」

蔵にある着物をぜんぶ採寸《さいすん》してみれば、サイズから祖母の着物がどれかというのはすぐわかるのだが、むろんそんな見つけ方で合格がもらえるわけがない。

「もうちょっとでぜんぶ読めるから、それから考えるわ」

そんな話をしている間に車は能楽堂についた。平安神宮《へいあんじんぐう》のすぐ近くだ。駐車場に車をとめて能楽堂に入ると、受付で意外な人に出会った。

「こんにちは」

落ち着いた物腰の、植物みたいな青年——春野《はるの》である。

春野は受付係をしていた。バイトなんです、と笑う。こんなバイトがあるとは知らなかった。

「こないだは、お茶の葉をありがとうございました」

春野は鹿乃たちに丁寧《ていねい》に頭をさげる。端切《はぎ》れと薔薇の礼に、慧に持っていってもらった物だ。こちらこそ、と鹿乃もあわてて頭をさげた。

「今日はおふたりだけですか？」

慧にパンフレットを手渡しながら、春野は問う。

「もらったチケットが二枚だったんだ」

「ああ、それで。——それ、『石橋《しやつきよう》』やな」

春野は鹿乃のほうに顔を向け、ほほえんだ。

「わかりますか」

「うん。かわいらしい『石橋』や」

鹿乃はにこりと笑った。

「子猫は春の季語やしな」

それは知らなかった。

「俳句《はいく》でもしはるんですか？」

「自分ではやらへん。好きなだけ」

俳句好きの若い男性というのもめずらしいものだ、と思っていると、入り口から新たな客が入ってきたので、鹿乃と慧はその場を離れた。

ロビーから見所《けんじょ》に入って席につくと、慧がじろじろと鹿乃を見てくるので、鹿乃は首をかしげた。

「何なん？　慧ちゃん」

「いや。おまえ、同年代の男子は苦手だったろ。平気になったのか？」

「ああ……春野さん、落ち着いとるから話しやすいんよ」

ふうん、と言って慧は椅子《いす》の背にもたれかかり、長い脚《あし》を組んだ。

「春野さんて、お祖父ちゃん子なんとちゃう？　石橋《いしばし》先生と仲良かったみたいやし」

「ああ、なるほどな。鹿乃と同類か」

「せやから、親近感があるんかも……あ、そういえば最初に会ったとき、慧ちゃんにちょっと似てる、て思ったんよ」

「俺に?」

慧はけげんそうにする。「似てるか……?」

「なんとなく、雰囲気が、ちょっとだけ」

「主観にもとづいた限りなくあいまいな表現だな。そんなんじゃレポートは通らないぞ」

「レポートとちゃうもん」

「根本的な思考回路はレポートにも表れるんだよ。おまえも来年の今ごろは大学生なんだから、しっかりしろよ。のほほんとしてたら、あっという間に就活《しゅうかつ》シーズン到来だぞ」

いつの間にか説教になっている。慧は時々、口やかましい。鹿乃は慧のお小言を右から左に聞き流して、開演を待った。

舞台の上で舞う絢爛豪華《けんらんごうか》な出《い》で立ちの獅子と、華やかな大輪《たいりん》の牡丹を眺めながら、慧はぼんやりと物思いに沈んでいた。

受付で言葉を交わす鹿乃と春野を見て、しっくりくるふたりだな、と思った。お祖父ちゃん子、お祖母ちゃん子という、共通する雰囲気でも醸《かも》しだしているのかもしれない。それを見ていたら、一抹《いちまつ》の寂寥感《せきりょうかん》をおぼえた。春野とは限らないが、いずれああして鹿乃も誰か親しい相手ができて、恋人同士になるのだろう。そう思うと、ちくりと胸を刺すものがあった。

妙な気分だと思った。最近、よくこんな気分になる。寂寥感と、焦燥感《しょうそうかん》。鹿乃はいつまでも小さな子どもではない。そう思うと——羽化しようとする鹿乃の手をつかんで、ひきとめたくなる。

娘を持つ父親というのは、こういう気分だろうか、と思う。きっと、そうだろう。小さいころから知っている鹿乃が、成長するのがさびしいのだ。

慧は舞台の獅子にじっと見入る。勇壮に舞う獅子は、慧の物思いを蹴散《けち》らすかのように、荒々しく足を踏み鳴らした。

＊

《その日は五月にしては暑い日で、貴船《きぶね》の方へ出かけた。緑が深く、川のせせらぎが耳にも涼しい。いや、もはや寒い。杜若《かきつばた》の袷《あわせ》を着ていつたが、肌寒く難儀《なんぎ》した。健次郎さんが私の肩掛けを持つてきてゐた。斯《こ》ういふ周到さが気に入らない》

祖母は祖父について、気に入らない、だとか厭だ、とかつねに書かずにいられないよう

だが、言葉ほど祖父を嫌っていないように鹿乃には思える。なんだかんだ言ってふたりで出かけているし。

鹿乃はベッドに寝転び、脚をぱたぱたさせながら日記を読んだ。十七歳の祖母を知るのは、楽しかった。秘密を垣間見る《かいまみ》ようなうしろめたさと、祖母の心のうちを知る昂揚感《こうようかん》。日記のなかの祖母は、夏山のように瑞々《みずみず》しい少女だった。

読んでいくうち、わかってくる。気に入らない、と書くとき、祖母はきっと、どきどきしている。そしてそれがいやで、厭だと書くのだ。

《仲人《なこうど》の橘《たちばな》さんのお屋敷で、恒例の園遊会が開かれる。今年もお招きに与《あずか》つた。健次郎さんは、仕事で行けないといふ。園遊会の日は毎年決まつてゐるのだから、何故空《あ》けておかないのかと言つたら、おひとりで行くのは寂《さび》しいですかなどと言ふ。彼の軽口はいつもの

ことだが、このときは我慢ならずに、いい加減にしてくださいと怒鳴つた。彼はびつくりしてゐた。私はこの人とゐると怒つてばかりゐるやうで、悲しい。彼はやはり、すこしも覚えてゐないのだ》

悲しい、などと祖母が書くのははじめてで、鹿乃は驚いた。それに、《すこしも覚えてゐない》とはどういうことだろう。と思っていると、続きにあった。

《橘さんの園遊会には、去年も行つた。そこで健次郎さんと初めて会つた。けれど、彼はちつとも覚えてゐないやうだ。私ばかりが覚えてゐるのは悔《くや》しい》

どうやら見合いより先にふたりは出会っていたようである。読んでみると、六月のころのこと。橘氏ご自慢のあやめを観賞する会が、毎年この時期に開かれる。祖母は紺色地《こんいろじ》に観世水《かんぜみず》と扇面《せんめん》を描いた単衣《ひとえ》の大振袖《おおふりそで》に、色紙文様の紗《しや》の夏帯を締めて出席した。基本的に祖母は園遊会だの茶会だのといった集まりが好きではない。お上品な奥さまお嬢さまがたが着物を見せびらかし、噂話《うわさばなし》に花を咲かせる場だからである。

祖母はひとりで庭を散策していたのだが、そのとちゅう、草履《ぞうり》の鼻緒《はなお》が切れてしまった。祖母は鼻緒を直せない。誰か呼んでもらおうと思ったが、近くにいたお嬢さまがたは知らんぷりして行ってしまった。勝気な祖母だから、では自分で呼んでこようと屋内に戻ろうとした。鼻緒の切れた草履と足袋《たび》を脱ごうとしていると、前にひとりの青年が立った。洋装のよく似合う美青年で——これが祖父だったのだ。

「何をしてはるんです?」

と、祖父は訊いた。

「鼻緒が切れましたので、お屋敷のなかに戻って直そうかと」

「なんで足袋まで脱いではるんですか」

「草履なしで歩いたら、足袋が汚れるでしょう」

片足が裸足《はだし》の状態で歩くほうがどうかと思うが、祖母は足袋が汚れるほうがいやだったらしい。

祖父は、これがおかしかったらしくちょっと笑って、祖母の足もとに膝《ひざ》をついた。

「僕が直しますよ」

彼は気安く言って草履を手にとり、

「どうぞ、僕の肩に手を置いてください。倒れるとあかん」

と、片足を地面からあげている祖母にもたれかかるよう言った。祖父は持っていたハンカチを引き裂いて手早く鼻緒を直していく。その間ずっと、祖母は彼の肩に手を置いて、彼を見おろしていた。男が女の前にひざまずいて、女に見おろされるがままになっている、ということに、祖母は驚いていた。男が威張《いば》っている時代である。体裁《ていさい》が悪いと思わないのだろうか、と祖母は思った。

「さあ、できましたよ」

五分とかからず鼻緒を直した祖父は、草履を祖母にさしだした。履《は》いてみると、踏みこんでも、しっかりしている。礼を言うと、祖父は膝についた芝生をはらいながら笑った。

「あなたの可憐《かれん》な足が汚れたら、あきませんからね」

――調子のいい人だと思ったと、祖母は書いている。

けれど、鼻緒を直しているときの真摯《しんし》なまなざしだとか、器用に動くしなやかな指だとか、そんなものが脳裏に焼きついて離れなかった、とも。

なのに祖父のほうは、祖母のことをまるで覚えていなかったのだ。見合いの場でふたたび顔を合わせたとき、はじめて見るような目で祖母を見ていた。鼻緒の件を口にすることもない。向こうが覚えていないものだから、祖母も言いだせない。こちらばっかり覚えているというのもしゃくだった。

《今年の園遊会は欠席する旨《むね》、橘さんには断りを入れた。あれから健次郎さんは、仕事が忙しいといつて殆《ほとん》ど帰つてこない》

そう書かれた祖母の文字は、いつもより弱々しかった。

*

「ケンカになったあとな、夫が家に帰ってきいひんのって、顔合わせるんが気まずいから？　それとも、怒っとるから？」

朝食を囲みながら鹿乃がそう言うと、慧も良鷹も「なんの話だ」という顔をした。自分で作ったねぎ入りの卵焼きを食べてから、鹿乃は言葉を続ける。

「お祖母ちゃんとお祖父ちゃんの話や」

「ああ、日記か」

そう、と鹿乃はマヨネーズソースをのせて焼いたさわらの身をほぐしつつ、うなずいた。味噌《みそ》を混ぜたマヨネーズにはこんがりと焦《こ》げ目がついていて、香ばしいにおいがただよう。

「そら、女のとこに行っとるんやろ」

梅としらすと大葉の混ぜご飯を頬張《ほおば》ったまま、良鷹がもごもご言った。

「お兄ちゃん、黙ってて」

鹿乃は兄をにらむ。

「日記の先を読めば、わかるんじゃないのか？」

慧が言って、味噌汁をすすった。今朝の具は春キャベツと新玉ねぎだ。

「そうやと思うけど、昨夜そこまで読む前に眠たなって寝てしもてん」

だからその先は今日読もうと思うのだが、ちょっと訊いてみたくなったのだ。

鹿乃が詳しくケンカ（というか一方的に祖母が怒ったのだが）の経緯《いきさつ》を話すと、慧は「へえ」と言って、笑った。

「それは、たぶん……気まずいとか怒ってるとかじゃないと思うぞ」

「そう？」

「ああ。しかし、おふじさんもずいぶん意地っ張りなんだな。もっと素直になればいいだろうに」

それができたら苦労はしないのだろう。けれど、鹿乃の記憶にある祖父母の様子からすると、ふたりはすれ違ったままというわけではなかったはずだ。となると、仲良くなるきっかけがあったのだろうか。

「まあ、とりあえず最後まで読んでみることだな」

慧の言葉に、うん、とうなずいて、鹿乃はきゅうりの糠漬《ぬかづ》けを口に入れた。


野々宮家には、一階と二階にそれぞれサンルームがある。大きく窓をとった、日当たりのいい部屋だ。一階と二階、どちらの窓際《まどぎわ》にも椅子とテーブルのセットが置かれている。二階のサンルームにある椅子のひとつは、イギリス製のアンティークのロッキングチェアで、祖父がよくこの椅子に腰かけていたのを覚えている。

学校から帰ってきた鹿乃は、その椅子に腰かけて日記を開いた。今日は四月だというのに暑い日で、レモネードを作って持ってきた。自家製のレモンシロップで作ったものだ。椅子に揺られつつそれを飲みながら、鹿乃は日記の続きを追った。仕事を理由に家に帰ってこない祖父と、祖母はその後、どうなったのか――。

祖父が帰宅しない日が一週間ほど続き、勝気な祖母も、さすがに落ちこんでいるようだった。ご親切にも、祖父が女を囲っているという噂話を教えにきてくれる人がいる。両親にもうまくいっているのかと心配される。祖母は腹立たしいやら情けないやらで、その間の日々を過ごしていた。

《今夜も健次郎さんは帰つてこられないと連絡があつた》と祖母は記している。寝つけずにいた祖母は、二階のサンルームにやってくる。ここだ、と鹿乃はちょっとあたりを見まわした。祖母は椅子に腰かけて――どの椅子に座ったのだろう?――壁一面の窓から夜空を眺める。

《藍甕《あいがめ》の中を覗《のぞ》きこんだやうな深い藍色の空は、重く暗い私の心そのものに見えた》

鹿乃は空を見あげる。水色の空に、薄いベールのような白い雲がたなびいている。のんびりとした春の空だ。春の空は、夜になってもどこかぼんやりとのどかな顔をしている。祖母の見あげた夜空は、いまよりもっと夏めいた時季の空だ。夏はなんでも色が濃い。太陽に負けまいと、夜空までもが色を濃くするのだろう。

祖母は夜空を眺めて、すこし涙している。はっきりとは書いていないが。しばらくそうしているうち、家の車寄せに車が入ってくる音がした。こんな夜更けに来客もない。祖父以外にいないだろう。帰れないと言っていたのに、どうして――と思っていると、階下から使用人と祖父がひとこと、ふたこと、ひっそりと言葉を交わす声がする。そのうち祖父は階段をあがり、寝室へ入ったらしい。祖母は、しまった、と思う。帰ってきたとわかった時点で、寝室に戻るべきだった。寝たふりをしていれば、祖父と顔を合わせずにすんだのに、と。いまから寝室に戻ったのでは、祖父と会話しないわけにはいかない。口を開けば、きっとまた彼を責めるようなことしか言えない。顔を合わせたくない。けれど――。

迷っていると、サンルームの扉が開いた。入ってきたのは、祖父だった。

「こちらにいはったんですか」

彼は祖母が寝室にいないので、さがしていたらしい。上着は脱いで、タイもゆるめられていたが、祖父はまだ外出着のままだった。

「今夜も帰ってこられへんのと違ったんですか」

つっけんどんに祖母は言った。どうしようかと思っているうち、いきなり祖父が現れたので、動揺している。

祖父は祖母の向かいに腰をおろした。

「今夜でようやく仕事が片づいたんで、帰ってきたんですよ」

「……そうですか」

「これで明日はいっしょに行けますよ」

「え？」

祖母はなんのことかわからず、祖父の顔を見あげた。

と祖父も首をかしげた。

「……どちらへ？」

「どちらって、橘さんの園遊会。明日でしょう？」

祖母はぽかんとした。園遊会？　そんなもの、忘れていたし、とうに断っている。

「橘さんには、もう欠席の返事を伝えてあります」

「あれ、そうやったんですか」

祖父はぽりぽりと頭をかいた。

「行くつもりやったんですか？　それで——」

それまでに仕事を終わらせようとしていたのか。このとき祖母はなんと言っていいかわからず、「女の方のところに行ってはるんやなかったんですか」と口走ったそうだ。今度は祖父がぽかんとした。

「ああ、いえ——」

祖母はうろたえた。こんな恨み言のようなことを言うつもりはなかったのに、と。

なぜだか祖父はうれしそうに笑った。

「芙二子《ふじこ》さんでも、そういうの気にしてくれはるんですね」

「気にしてません！　せやけど、そんな噂が立ったら外聞《がいぶん》が悪いやないですか」

「外聞なんて、あなたはそんなん気にする人やないでしょう」

——まったくだ、と読みながら鹿乃は思った。園遊会で裸足になれる人だ。祖母は言葉につまっている。

「せやけど……せやけど」

なおも言い訳をさがそうとする祖母に、祖父は微笑した。

「ひと言、言うてくれはったらええ。……そんな噂、聞くのもいやや、て」

祖父は身を乗りだして祖母の手をとった。

「嫉妬《しっと》したて、言うてください」

「……してません」

祖母は言ったが、おそらく弱々しい声だったに違いない。祖父はまた祖母の指先に口づけたが、祖母はその手をふり払わなかったし、平手打ちもしなかった。

「……噂は、嘘なんですね？」

「嘘ですよ」

「園遊会、行くつもりやったんなら、そう言うてくれはらへんと困ります」

「芙二子さん、僕と口きいてくれへんかったやないですか」

「そ……それは――」

怒鳴ってしまって、気まずかったからだ。けれど動揺した祖母の口からは、ぜんぜん違う言葉が飛びだした。

「あなたが、覚えてへんから」

つい、ぽろりと、ずっと胸に刺さっていた棘を吐きだしてしまった。

「覚えてへん？　何をですか」

「何をって……園遊会の……去年の……」

しどろもどろに祖母は言葉をつむぐ。

「去年の園遊会で、あなたの鼻緒を直したことですか?」

いともあっさりと、祖父は言った。目を丸くする祖母の姿が目に浮かぶようだ。

「覚えてはるの」

「どうやったら忘れるんですか。僕、園遊会の庭先で足袋を脱ごうとしとる令嬢なんてはじめて見たわ」

「せやけど、知らんぷりしたやないの。お見合いのときに、はじめて会《お》うたような顔して」

「あのときは、お義父《とう》さんもおったさかい——言うてしもてええ話かどうか、わからんかったんです。行儀悪い、て怒られはったらどないしよて思て。……そのあとは、ふたりきりになっても芙二子さん、怒っとるような顔してはったし」

この縁談をいやがっているのかと思ったと、祖父は言った。

「覚えとらへん思て、怒ってはったんやな」

祖母はもう、何も言えない。祖父はほほえみながら、手にとった祖母の指先を親指でなぞっている。

「いまも、怒ってはる?」

「……訊かなわかりませんか」

「わかってしもてええんですか。──怒ってはらへんね。せやったら、まだ僕のこと、怖い？」

「怖くなんか」

言いかけて、うつむいた。

「……あなたが怖いんと違います。自分が怖いんや。わたし、ふだんは怒りっぽいことなんかあらへん。あなたにだけです。違う自分になったみたいで、怖い。臆病やて言わはったけど、その通りや。崖《がけ》から転げ落ちてくような心地がして、体がすくんでまう……」

それは、祖母が祖父に対してはじめて吐露《とろ》した本心だった。

「そんなん、僕はとうに落ちとるよ」

祖父は祖母の手を握った。

「あの園遊会で、あなたの前にひざまずいたときから、僕はもうずっと落ちっぱなしや」

「どこに……？」

「恋やろ？」

そういうことをあっけらかんと言ってしまうから、と祖母は綴《つづ》る。《困つてしまふ》。

厭だ、とはもう書いていない。

祖母はそのとき空を眺めて、はっとした。空一面に星々が瞬《またた》いている。

ああ、と感嘆《かんたん》した。

「ふしぎや。さっき見たときには、星なんてすこしも目に入らんかったのに」

深い藍色の闇《やみ》しか見えていなかった。

「こんなにきれいやったなんて」

星が、葉に置く露《つゆ》のように震えながら、さやかな光を放っている。

——このとき交わされた祖父母の会話が、鹿乃にはよくわからなかった。

祖父は、

「星の夜の深きあはれ、ですね」

と言った。祖母は驚いている。

「知ってはるんですか」

「あなたが前に、寝室で読んではったでしょう。借りました」

今宵《こよい》はじめて見そめたる心《ここ》ちす、と祖母はつぶやく。あなたのことも、とつけ足した。

「……ごめんなさい」

「何をあやまるんです？」

「失礼な態度ばかりとって」

祖父はくすりと笑った。

「僕は、好きですけど。あなたのつんけんしたとこ」

「やさしくされるより？」

「怒りっぽなるんは、僕にだけやて言《ゆ》うたでしょう。それやったら、みんなにするようにやさしくされるより、怒られたほうがええ」

「……その言葉、覚えとってくださいね。あとになって、わたしが怒りっぽいゆうていやになっても、知らんから」

祖母は握られた自分の手を見つめて、そっと握り返した。

＊

――星の夜の深きあはれ。

――今宵はじめて見そめたる心ちす。

「なんのことやろ……」

日記を読み終えて、鹿乃《かの》は首をかしげた。

『寝室で読んではったでしょう』ということは、本なのだろう。そのなかの文句ということだ。

祖母の本といっても部屋にもたくさんあるし、書斎《しょさい》のものまで含めれば膨大《ぼうだい》だ。古典のようだし、それなら闇雲《やみくも》にさがすより、慧《けい》が帰ってきてから訊《き》いたほうが早いかもしれない。

日記はこれでおしまいだ。よく見ると、ノートのあとのページはきれいに切りとってある。蔵《くら》にあるという祖母の着物のヒントになる部分だけ、残してあるのだろう。しかし、ヒントといってもよくわからない。

蔵にある、ということは、つまりは『ただの着物じゃない』ということだ。蔵にしまっておかないとならないような、おかしな出来事が起こる着物だということ。

「どんな着物なんやろ」

日記を読んだ感じだと、怖いものや悲しいものではない気がする。それだといくらかほっとする。祖母の悲しい気持ちがつまった着物だったら、つらくなるから。

鹿乃は階下におりて、台所で夕飯の支度をはじめた。今日はちらし寿司《ずし》だ。具材は休日に作り置きして冷凍しておいたものを使うから、そう手間はかからない。ご飯に寿司酢を混ぜて冷ましつつ、薄焼き卵を作る。今日のちらし寿司の目玉は旬《しゅん》の桜海老《さくらえび》だ。良鷹《よしたか》をはじめ、慧も鹿乃も大好物なのである。

夕飯の下ごしらえがあらかた終わったところで、慧が帰ってきた。台所に顔をのぞかせた慧に、鹿乃はレモネードを作ってさしだす。

「今日は暑かったやろ」

「四月だってのにな。年々、春が短くなる」

慧はジャケットを小脇《こわき》に抱《かか》え、黒いカットソーの袖《そで》をめくりあげていた。行儀悪く立ったままレモネードを飲んで、「お、桜海老だ」と調理台の上の桜海老に目をとめる。

「慧ちゃん、教えてほしいことがあるんやけど」

寿司飯にしいたけやかんぴょうといった具を混ぜながら、さっそく鹿乃は尋《たず》ねた。

「なんだ?」

「あんな、あ、桜海老はかき揚《あ》げにもするつもりなんやけど、どう?　そら豆と新玉ねぎといっしょに」

「ああ、いいな。そっちはビールのつまみにしよう。――で？」

うながされて、質問に戻る。

「《星の夜の深きあはれ》てゆうたら何かわかる？　日記に出てきたんやけど」

慧は隅のほうからスツールを持ってきて座りながら、

「右京大夫《うきようのだいぶ》の歌だろう」

とあっさり答えた。

「右京大夫？」

「建礼門院《けんれいもんいん》に仕《つか》えた女房だよ」

「建礼門院てゆうと……」

日本史の授業で出てきた。源平合戦《げんぺいがっせん》のころだ。

「平清盛《たいらのきよもり》の娘で、高倉天皇《たかくらてんのう》のきさきだな」

「そのおきさきさまに仕えた人の歌」

「ああ」

では、乱世《らんせい》に生きた人だ。それにしても、と思う。

「ちょっと聞いただけで、なんですぐにわかるん？　慧ちゃん、便利な辞典みたい」

鹿乃が感心すると、

「便利な辞典って、おまえな……。有名な歌なんだよ。右京大夫は《星夜讃美《さんび》の女性歌人》でな」

と言ってひと口レモネードを飲む。

「星夜讃美？」

「日本には星を詠《よ》んだ歌っていうのが、すくないんだ。驚くほど星への興味が乏《とぼ》しい。この特徴は、日本神話からしてそうだな。星の神は悪神・天津甕星《あまつみかほし》がいるだけ。これは夜の世界を畏怖《いふ》したからだとか、太陽信仰ゆえに星には関心が向けられなかったとかいわれるが。そんななかでこの歌は、その詞書《ことばがき》を含めて国文学史上の絶唱とも賞讃《しょうさん》されてる」

「ふうん……すごいんやな」

慧はその歌をそらんじた。

月をこそ　ながめなれしか　星の夜の　深きあはれを　こよひ知りぬる

「この歌には長い詞書がついてるが、歌よりむしろそちらのほうがすぐれていると言えるな。右京大夫は旅先でこの星空を目にするんだが、星々のあまりの美しさに感嘆《かんたん》する。これまでにも星月夜《ほしづきよ》はなんども見てきたはずなのに、今夜はじめて見たような心地がする、と。《花の紙に箔《はく》をうち散らしたるによう似たり》──縹色《はなだいろ》の紙に金箔《きんぱく》を散らしたよう、なんていう書きぶりは際《きわ》だって見事だ。新たな発見をした驚きと純粋な感動が、この歌と詞書にはあるんだよ」

《今宵《こよい》はじめて見そめたる心《ここ》ちす》と、祖母はつぶやいていた。あなたのことも、と。

知っていたようで、知らなかった。見ていたようで、見えてなかった。

そういう気持ちを言ったのだ。

「お祖母《ばあ》ちゃんとお祖父《じい》ちゃんがな、仲直りしたときに、これの話をしとったんよ」

鹿乃はことの顛末《てんまつ》を慧に説明する。

「慧ちゃんが言った通り、お祖父ちゃん、気まずいとか怒っとるとかやなかったんやな。はよ仕事終わらせて、園遊会いっしょに行こて思てたんや」

「そんなことだろうと思ったよ」

「なんでわかったん？」

「単純に考えてそうだろ。健次郎《けんじろう》さんは神経が図太そうだし、あてつけのような真似《まね》をするタイプでもなさそうだし」

「ふうん……」

鹿乃は、《星の夜の　深きあはれを　こよひ知りぬる》という言葉を胸のなかで繰り返しながら寿司飯を混ぜる。

「日記はぜんぶ読めたんだな？」

「うん」

「答えはわかりそうか？」

鹿乃は寿司飯を混ぜる手をつととめた。

「……蔵にある着物てゆうことは、ふつうの着物とはちゃうってことやんな。何か、おかしなことが起こるくらい、お祖母ちゃんの強い思い入れがある着物なんや」

考えながら、鹿乃はしゃべる。

「で、日記がヒントてゆうことは、あの日記のなかで、強い思い入れがありそうなエピソードが関係しとるてことやと思うねん……」

日記のなかで、印象的なエピソードはいくつかある。薔薇《ばら》の園、園遊会、夜更《よふ》けのサンルーム――。

鹿乃は機械的に手を動かして、寿司飯を混ぜる。

――日記が、サンルームの場面で終わっていることを考えなくてはいけない。

あの日記は、祖母が結婚したという単なる記録ではない。結婚して、祖父と心を通わせるに至るまでの物語なのだ。

だったら、その物語でいちばん大事なのは、心が通い合った場面だ。祖母の心を強く揺り動かしたのは、そこだ。

「今宵はじめて見そめたる心ちす……」

新たな発見をした驚きと純粋な感動。心が打ちふるえる想《おも》いを、祖母はその言葉に託《たく》している。

その夜、祖母の目の前に広がっていた空一面の星。目を開かれる心地で眺めた新たな星月夜。――強い思い入れというなら、ここをおいてほかにないのではないかと思う。

そのようなことをとつとつと話すと、慧はうなずいた。

「サンルームでのことは、物語におけるクライマックスだよな。思い出深いはずだ。――それがどう着物とつながるかだが」

そのとき着ていた着物は？　と訊かれて、鹿乃は首をふる。

「寝つけんとおったてことは、寝巻や。蔵の着物のなかに寝巻なんてなかったし」

着ていたものではない——それなら。

「新しく誂《あつら》えたもの、とちゃうやろか。そのときの想いが強く入った着物や。日記の残りを切りとってあるんは、それもあるからとちゃうかな。誂えたことが書いてあるから」

「誂えたとしたら、どんな着物だ？」

あの夜の想いが入った着物。

美しい星々が、眼前に広がるような気がした。

「——星月夜」

ぽつりと、鹿乃は答える。

「はじめて見るような星月夜を表した着物。そういうの、誂えると思う。……わたしやったら、やけど」

「鹿乃の感性はおふじさんのそれに近い。良鷹が前にそう言ってたな。なら、あながち外れてもいないんじゃないか」

「でも、そんな着物、虫干《むしぼ》ししたときには見いひんかったと思う」

「おまえとおふじさんで違うのは、彼女がひと筋縄でいかない意地っ張りだってことだな。

素直に星空を模《も》した着物は作らなさそうだ」

祖母の性格からして、夫とのやりとりをもとに誂えたなどと知られるのは恥ずかしかったのではないだろうか。とくに祖父には。慧はそう言う。

「それもそうやなあ……」

「ここであれこれ言うより、実際にさがしたほうがいいな。夕飯前に、ちょっと蔵を見てくるか」

ちらし寿司をあとは盛りつけるだけの状態にしておいて、鹿乃は慧とともに蔵に向かった。玄関を出たところで、鹿乃は庭の隅に白猫がぽつんと座っているのを見た。

「あれ、リリーがおる」

猫はすらりと背筋を伸ばしてたたずんでいた。こちらの動きを警戒しているのか、まっすぐ鹿乃を見すえている。凛《りん》としたそのまなざしは、なぜだか妙になつかしい。

「鹿乃、行くぞ」

慧がうながすので、鹿乃はあわててそのあとを追う。

蔵の扉を開けてなかに入ると、慧は手を伸ばして頭上にある古風な電灯の明かりを点《つ》けた。鹿乃は奥の桐簞笥《きりたんす》から順番に抽斗《ひきだし》を開けて着物を確かめていく。たとう紙を開いてなかを一瞥《いちべつ》してはつぎのたとう紙へ、という具合だ。

「うーん……どれもピンとこおへんなあ」

豆電球に仄々《ほのぼの》と照らされるなかで、ひとつのたとう紙を開いた鹿乃は、ああ、とちょっと声をもらした。

「これ、無地やと思とったけど、よう見たらいちおう柄《がら》が入っとるんやわ」

それは、濃紺《のうこん》の絽《ろ》の夏着物だった。無地のように見えるが、顔を近づけてみると、模様がある。一面に描かれた草の葉――芝文様《しばもんよう》だ。

「あってもなくても変わらないような、地味な柄だな」

と慧はうしろから眺めて言う。

慧の言う通り、地味好みだ。芝は、濃紺地だというのに黒で描かれている。これでは、間近で見ないかぎりわからない。――それに。

「芝だけ、ゆうのはおかしいわ。ふつうは露芝《つゆしば》文様いうて、露とセットになっとる文様や」

露芝文様は、葉におりた露を表している。露と芝、両方がそろってこそ風情《ふぜい》があるのだ。それがどうして、芝だけが描かれているのだろう。こんな地味な着物なら、なおさら露を描いたほうが——。

鹿乃の脳裏に、ひらめくものがあった。

「……お祖母ちゃんは、星のこと、《葉に置く露のやう》って書いとった」

鹿乃は着物をたとう紙からとりだし広げた。それを目の前にかかげる。前に見たときは、渋好《しぶごの》みすぎて祖母の趣味ではないと思っていたが。

「これ……ひょっとして、露が足りんのとちゃうやろか」

露は、描かれていないのではなく、——消えてしまったのだとしたら？

「露を星に見立てて、星月夜。ほんとうは、そういう着物なんちゃう？　もしそうなんやったら——これがお祖母ちゃんの着物や」

慧は腕組みをして着物を眺める。

「露を星に見立てて、か。たしかに、この着物一面に露があったなら、星空に見えるな。しかし、その星が消えてるっていうのか？」

いったい、なぜ？

「こないだの虫干しではじめて見たときから、こうだったろ。てことは、蔵を開ける前からすでに露は消えてたってことになる」

「うん……」

　そうだとしたら、どうしてだろう。ふたりして首をひねっていると、「おおい」と蔵の入り口から声がかかった。見れば、良鷹が立っている。

「鹿乃、腹へったんやけど。台所に用意してあるやつ、食べてまうで」

「お兄ちゃん、それよりこれ！　お祖母ちゃんの着物って、これとちゃう？」

　鹿乃は着物を見せる。良鷹は頭をかきながらじっと着物に目を凝《こ》らした。鹿乃は息をのんで兄の返答を待つ。

「せや」と良鷹は端的に言った。

「褐色地《かちいろじ》に露芝文様の絽縮緬《ろちりめん》。それや」

　正解だ！　――でも。

「やっぱり、ほんまは露芝なんやな。なんで露がないん？」

「そんなん俺が知るか。おまえの宿題やろ」

　鹿乃は兄を見つめた。

「……そんなら、これ見つけるだけやのうて、露をもとに戻せてゆうのも、宿題？」

「せや」

とまた、良鷹は短く言った。

鹿乃は濃紺の着物を見おろす。慧は良鷹に尋《たず》ねた。

「前に虫干ししたとき、すでに露はなかったろ。いつからこういう状態なんだ？」

「知らん。事情を知っとるんはお祖母ちゃんだけや。――それより、晩ご飯。腹へったわ」

「今日は勝手に食べてないんだな」

「桜海老のかき揚げ、するんやろ。あれ好きやねん。あ、俺のぶんのちらし寿司はしいたけ抜いといてや」

「好き嫌いはあかんよ、お兄ちゃん」

とは言うものの、良鷹は嫌いなものが入っていると箸《はし》もつけないので、しいたけ抜きのぶんはちゃんと作ってある。

鹿乃は着物を手早くたたむと、それを持って蔵から出た。鍵《かぎ》をかけて母屋《おもや》に戻るとちゅう、玄関の前で鹿乃は立ちどまる。庭の片隅に、まだあの白猫がいた。最前と変わらず、しゃんとして座っている。

「……どうしたんやろ」

首をかしげつつ、鹿乃は母屋に入った。

準備してあった寿司飯を器《うつわ》によそって、塩茹《しおゆ》でした菜《な》の花と錦糸卵《きんしたまご》と桜海老をのせると、鹿乃は天ぷらを揚げはじめた。かき揚げがきつね色になっていくのを眺めながら、鹿乃は露の消えた着物のことを考えていた。

どうして消えてしまったのだろう。日記の記述を思い返してみても、わからない。

揚げたての天ぷらをダイニングテーブルに置くと、すぐさま良鷹が箸を伸ばしてきた。

「かき揚げはひとり二個やで、お兄ちゃん」

兄に釘《くぎ》を刺しておいて、鹿乃は「いただきます」と手を合わせた。

「お祖母ちゃんて、むかし猫飼っとった？」

お吸い物に入れた手鞠麩《てまりふ》を箸でつまんで、鹿乃は兄に尋ねる。あつあつのかき揚げを食べていた良鷹はしばらく返事をしなかったが、しばらくして「飼ってへんと思うけど」と答えた。

「そういう話、聞いたこともないし。なんでや」

「お祖母ちゃん、猫好きやろ？　せやから、飼っとったことあるんかなと思て」

「猫好き?」

良鷹は首をかしげる。

「お祖母ちゃんは、べつに猫好きちゃうやろ。猫好きやったんはお祖父ちゃんやで」

「そうなん? せやけど、猫の帯とか風呂敷《ふろしき》とかけっこうあるで」

「好きだったけど、飼えなかったんじゃないか?」

と慧が言う。「家族の誰かが猫嫌いとか、アレルギーとかで」

「うちはアレルギー持ちはおらんな。——そうゆう《ゆ》たら、むかし、ちょっとのあいだだけ猫が居ついたときがあったて、お祖父ちゃんが言うてたことがあるわ。飼っとったわけやないけど、ときどき姿見せよったて」

「あの白猫みたいに?」

鹿乃は庭にいた白猫を思い描いた。

「せやろな。なんでかお祖父ちゃんにだけ、えらいなついてたらしいで」

「お祖父ちゃんにだけ?」

「せや。一階のサンルームの窓開けとくと入ってきて、お祖父ちゃんの脚《あし》にすりよってきたて。お祖父ちゃんも猫好きやったし、かわいがってたらしいけど、お祖母ちゃんはいやがってたて聞いたで」

「お祖母ちゃんが？」

　予想外のことを聞いた。猫好きだとばかり思っていたのだが、違うのだろうか。でも、嫌いなら猫柄のものを誂えたりしないと思うのだが……。

「猫がお祖父ちゃんにすりよったり、お祖父ちゃんが抱きあげてかわいがっとったりすると、いやそうな顔しとったんやと」

「猫に嫉妬《しっと》してたんじゃないか？」

　慧が言うと、良鷹はにやにや笑った。

「お祖父ちゃんもそう言うとった」

　ふうん、と相槌《あいづち》を打って鹿乃はお吸い物をすすった。おいしい。

「——その猫って、白猫やった？」

　ふと思いつきで、そう訊いてみた。良鷹は「さあ、そこまでは聞いとらん」と答えて、みっつめのかき揚げをかじった。

「お兄ちゃん。かき揚げはひとり二個て言うたやないの」

「聞いてへん」

「お兄ちゃんにはデザートのプリンはなしや」

「すんません」

良鷹はかき揚げを皿に戻した。かじったものを戻されても困る。

「ええわ、わたし二個もいらんで半分こしよ。――猫やけどな、居ついとった時期っていつやったか聞いた?」

良鷹はかき揚げをじっと見つめて、たしか、と答える。

「まだ新婚のころや、て言うとったな」

かき揚げを箸で半分に割りながら、ふうん、と鹿乃はつぶやいた。


星月夜。

消えてしまった露。

猫。

顔半分まで湯船につかって、鹿乃はつらつらと着物のことを考えている。

お祖母ちゃんの日記。

右京大夫《うきょうのだいぶ》。

ぶくぶくと泡を作っていた鹿乃は、のぼせそうになってお風呂からあがった。パジャマに着替えて脱衣所から出ると、そのまま自室に戻るのではなく、祖母の部屋へと向かった。何かほかにヒントがないかと思ったのだ。

明かりをつけて、文机《ふづくえ》の前に座りこむ。文机に頬杖《ほおづえ》をついて、しばらくぼんやりした。祖母の部屋にいると、落ち着く。丸ごと祖母に包まれているような気がする。この屋敷のどこもかしこも、だんだんと祖母の面影《おもかげ》を失っていくけれど、この部屋だけは、やはり、祖母自身という感じがした。

鹿乃は抽斗を開けて、写真が収められた菓子缶をとりだした。なかの写真を眺める。源《げん》氏車《じぐるま》の着物を着た三好子爵《みよししやく》夫人と撮った写真。少女時代の祖母の写真。もっと幼いころの写真——そのなかに、どこかの家で猫と撮った祖母の写真があった。五、六歳くらいのころの祖母が、三毛猫《みけねこ》を抱っこしている。

「やっぱり、猫好きやったんやな、お祖母ちゃん」

それなのに、祖父になついていた猫は嫌っていたのか。どうしてだろう。

新婚時期に現れた猫。星月夜のやりとりから生まれた露芝柄の着物が作られたのも、結婚した年の夏だろう——あれは夏着物だから。

鹿乃は引き続き缶のなかの写真を見ていく。露芝柄の着物の写真はない。それなら、と鹿乃は押し入れを開けて、箱やら行李《こうり》やらのあいだに無造作にさしこまれていたアルバムを抜きだした。

ページをくると、祖父との結婚時に撮った写真があった。祖母は白無垢《しろむく》、祖父は紋付《もんつ》き袴《はかま》姿だ。白黒写真だといくらかよく映るのかもしれないが、こうして見ると祖父はかなりいい男である。祖母もきれいだったが、ちょっと怒ったような顔をしている。ほかのどの写真を見ても、祖父と写っているとき、祖母はすこし怒り顔だった。見ていくうち、すぐに気づく。怒っているのではなく、照れているのだ。恥じらっているのだ。

「お祖母ちゃんて……」

まったく素直じゃない。たぶん、サンルームで仲直りしたあとも、そのあたりは変わらなかったのだろう。結婚三年の記念日に撮ったらしい写真でも、やはりおなじ顔をしている。

逆に言えば祖母は、そうとう祖父のことが好きだったのだ。どんな顔をしてそばにいればいいのかわからないくらい、好きだったのだ。

「……こっちにもないなあ」

露芝柄の着物で撮った写真はない。わたしやったら絶対撮るけど、と思う。とくべつな着物だ。撮って残しておきたい。

もしや、袖《そで》を通す前に露が消えてしまったのだろうか。あるいは、祖母の性格からして恥ずかしいから撮りたくなかった、とか。祖父には見せたのだろうか。見せたなら、きっと星月夜を模したものだとすぐにわかっただろう。……ああ、ということは、見せなかったかもしれない。ようするに、ふたりが仲良くなった記念の着物だ。そんなの、恥ずかしくて見せられない――と祖母なら思いそうだ。

もしくは、星月夜の着物ではない、と言いそう。だってあれは、形としては露芝柄だから。ストレートに星空にせず、露芝で見立てたのは、そういう気持ちがあったからかもしれない。

鹿乃はアルバムを閉じると、もとあった行李の隣に押しこもうとした。が、革張りの表紙に傷をつけるといやなので、上にのせておくことにする。そういえばこの行李には何が入っているのだろう、と思い、引っ張りだした。開けてみると、男物の衣類やら帳面やらが入っている。

「お祖父ちゃんの遺品《いひん》やな」

とわかったのは、帳面に《野々宮《ののみや》健次郎》の文字があったからだ。なんとなく優男《やさおとこ》らしい繊細な筆跡を想像していたが、意外に祖父の字は雄々《おお》しく骨太《ほねぶと》だった。

帳面はスケッチブックで、なかを見てみると庭や屋敷の様子が描かれている。これまた意外なことに、絵が上手だった。良鷹も能書家《のうしょか》で玄人《くろうと》はだしの絵を描くから、そんなところも祖父ゆずりなのかもしれない。

祖父は野々宮邸の造りに関心があったようだ。幼いころから暮らしているぶんにはさしてめずらしいとも思わないような、ドアノブの造作だとか、ランプシェードのデザインだとか、家紋が模様のなかに隠れた壁紙だとか——野々宮家の家紋は抱菫《だきすみれ》である——そんな細かいものをいちいちスケッチしてある。

あるかな、と思っていたら、やはり祖母のスケッチもあり、ほほえましくなる。本を読んでいる姿や、庭の薔薇を手入れしている姿。どれも目線がこちらに向けられていないので、こっそり描いたものと思われる。スケッチされているのに気づいたら、怒りそうだ。

そんななかに、猫の絵があった。鉛筆描きだからはっきりとはしないが、たぶん白猫だ。悠然《ゆうぜん》と歩く姿や、体をすりよせて甘えている姿などが描かれている。

あの猫に似ているな、と思った。今日も庭にいた、あの白猫である。血のつながりがあるのかもしれない。このスケッチの猫も、気高《けだか》そうな、つんとした顔つきをしている。眺めていると、やっぱり妙になつかしくなる。どうしてだろう。むかし、あんな風な猫を見たことでもあっただろうか？

猫のスケッチが数枚続いて、その最後のページに描かれた猫の横に、祖父の字で文字が書きつけられていた。《白露《しらつゆ》や原一ぱいの星月夜》。俳句のようである。祖父の句だろうか、それとも、誰かの句だろうか。

「白露や……」

ちょっと口ずさんで、鹿乃は、ふむ、とつぶやく。

どうしてこんなところに書きつけてあるのだろう。それも、露と星月夜、だ。原っぱ一面におりた露が、星のようにきらきらしている様子が浮かぶ。

鹿乃は壁の時計を見あげた。時刻は十時前。迷ったが、鹿乃は階下におりて電話台の前に立った。番号を押してしばらく待つと、つながった。

「夜分遅くにすみません、野々宮鹿乃です。――ごめんなさい、こんな時間に」

電話の向こうからは、静かな声が返ってくる。

「かまへんよ。大学生にとってはまだまだ宵《よい》の口や」

春野《はるの》である。春野はやわらかな声で、どないしたん、と訊いてくる。

「つかぬことをお訊きしますけど、《白露や原一ぱいの星月夜》て、俳句ですよね？」

「正岡子規《まさおかしき》やね」

と春野は即答した。

「ああ、そうなんですか」

「《白露》と《星月夜》が秋の季語や。白露は、白く輝いとる露のこと。《白露《はくろ》》てゆうたら二十四節気《せっき》のひとつやけど」

「へえ……」

「それがどないしたん？」

「あ、いえ、ちょっと気になって……春野さんに訊いたらわかるかなと思って。すみません、そんなんで電話して」

「ええよ、暇《ひま》しとったし」

「そしたら、これで――」

と話を切りあげようとしたところに、春野は声をかぶせた。

「せや、鹿乃ちゃん、薔薇いらへん？　せっかく育てても、うちに飾るだけやと余ってもったいないんや」

「いいんですか？」

「うん。こないだのピンクの薔薇だけやのうて、いろんな種類の薔薇があるさかい」

それは心ひかれる。

「温室の薔薇、見に来る？」

はい、と答えかけて、慧の小言を思い出した。ひとりで行くなと言われていたのだ。

「兄たちに訊いてみます」

そう言うと、何を察したのか、受話器の向こうでひそやかな笑い声がした。

「ナイトの許可がないとあかんわけやな。――ほな、僕がよさそうな薔薇を選んで、鹿乃ちゃん家に持ってくわ」

それは申し訳ないからいいと言ったのだが、「暇やから」と春野が持ってくる約束になって、電話を切った。

――白く輝く露。白い露……。

白猫の形容として、祖父はあの句をスケッチに書きこんだのだろうか。

鹿乃は二階には戻らず、広間へ足を向けた。いつもソファで寝転んでいる良鷹の姿はない。自分の部屋にいるのだろう。衣桁《いこう》に露芝柄の着物をかけてある。それの前に立って、じっと眺めた。露のない濃紺地の着物は、夜そのものという気がする。

露、猫、お祖母ちゃん。

ぽつりぽつりとそんな言葉を思い浮かべながら、鹿乃は着物の前を離れて、窓へ近づく。窓には明るい部屋のなかが映るばかりだ。窓を開けて、テラスに出た。

「あ……」

庭先に、白猫がいる。夕飯前に見たのとはべつの場所だ。リリー、と鹿乃は呼んだ。猫は前脚を揃《そろ》えて座ったまま、微動だにしない。ただ鹿乃を見すえるように凝視《ぎょうし》している。そのまなざしが、やっぱりなつかしく思えて――。

「鹿乃？」

離れのほうから、慧の声がした。そちらに顔を向けると、慧が、離れの縁側に座っていた。仕事をしていたらしい。かたわらにパソコンがあった。慧は縁側をおりて、鹿乃のほうにやってくる。

「どうした？」

「猫がな」

鹿乃は庭を指さした。慧はそちらに目を向け、「ああ」と猫に気づく。

「なんだか今日は、よく見るな。じっと鹿乃を見つめてるし――まるで鹿乃を心配してるみたいだ」

慧は唇《くちびる》の端をあげてちょっと笑う。

とうとつに、鹿乃はわかった。どうしてあの猫をなつかしく思うのか。

「お祖母ちゃん」

祖母を思わせるのだ。悠然《ゆうぜん》として、上品で、でも気の強そうなまなざし。

露――猫――お祖母ちゃん。

するりするりと、からまっていたのがほどけて、ぴんときれいな一本の糸になった。

――ああ、そうか。

鹿乃はその場にしゃがみこんで、猫に向かって両手を伸ばした。

「おいで」

そう呼びかける。猫は動かない。だが、逃げもしない。つかまえようとしたら、逃げるだろうか。おいで、と重ねて言うが、来てくれる気配はなかった。

慧がふしぎそうに「鹿乃」と呼んだが、答えず鹿乃は立ちあがり、屋敷のなかへと戻る。

そのまま広間を突っ切り、二階へと急いだ。祖母の部屋に入って、先ほど見ていた行李のなかから祖父の服をとりだす。手編みらしい――もしかして、祖母の手編みだろうか――焦《こ》げ茶色《ちゃいろ》のニットのカーディガン。それを持って、今度は良鷹の部屋へ向かった。

「お兄ちゃん」

ドアを開けると、良鷹は椅子にだらしなく座ってお気に入りの洒落本《しゃれぼん》を読んでいるところだった。

「ノックくらいせえや。なんやねん」

「お兄ちゃん、ちょっとこれ羽織って、下に来て」

「は?」

良鷹にカーディガンを押しつけて、鹿乃はふたたび広間へ向かった。衣桁から着物を外して、テラスに出る。慧がふり返った。白猫は、変わらずおなじ場所にいる。

鹿乃は着物を胸に抱いて、テラスから庭におりた。猫はすっと立ちあがる。鹿乃は立ちどまり、良鷹を呼んだ。

「お兄ちゃん――」

「なんやねん」

良鷹は鹿乃の言った通り、カーディガンを羽織っている。

「これ持って」

と鹿乃は着物をさしだした。

「お兄ちゃんのほうがええと思う。お祖父ちゃんに似とるし」

「何がええねん」

良鷹はぶつくさ言いつつも着物を手にする。

「わたしはリリー、慧ちゃんはタマ、お兄ちゃんは白楽天《はくらくてん》――お祖父ちゃんやったら、なんて呼んだと思う？　あの猫のこと」

「そんなんわかるか」

「《白露や原一ぱいの星月夜》――て、お祖父ちゃんが白猫のスケッチの横に書いてたんやけど」

「白猫のスケッチ？」

慧が口をはさんで、猫を見る。

「お祖父ちゃんになついとった猫がおったて言うてたやろ。それ、あの猫やと思うねん」

「あの猫いくつやねん。化《ば》け猫か」

「そうやのうて――」

「《白露や原一ぱいの星月夜》――白露《しらつゆ》か」

慧が言った。鹿乃はうなずく。

「たぶん。お兄ちゃん、〈白露〉て呼んでみて」

「白露？」

良鷹が口にすると、猫はぴくりと耳を動かした。それに気づいた良鷹は、もう一度、はっきりとその名を呼んだ。

「白露」

猫の耳がぴくぴく動き、ゆっくりと脚を踏みだした。

「お祖母ちゃんも、そやって、お祖父ちゃんに協力してもろたんやと思う」

猫は軽やかな足どりでこちらに向かってくる。足どりはしだいに速くなり、まっすぐ良鷹に向かっていた。

「着物広げて、お兄ちゃん」

鹿乃が言うと、良鷹はさっと着物を広げた。ちょうどそのとき、猫が良鷹に飛びつこうと跳躍した。猫のしなやかな体が飛びあがり――ふっと、とけるように濃紺の着物に吸いこまれていった。

「おお……」

良鷹が感嘆《かんたん》の声をあげる。

彼が広げた着物には、先ほどまでなかった露が、一面、ほの白く輝いていた。それは夜の闇のなかで、星のようにちらちらとまたたく。

美しい星月夜が、そこにはあった。

「あの猫が露やったんか」

良鷹はしげしげと着物を眺めている。「これ、箔《はく》で描かれとるんやな。そんできらきらしとるんや」

「〈白露〉は、この着物の露で——お祖母ちゃんの想いなんや」

鹿乃は露の戻った着物を手にとる。

「おふじさんの想い？」

「お祖母ちゃんて、お祖父ちゃんには全然素直になれへんかったやろ。逆に言うたら、お祖父ちゃんのこと、それだけ好きやってゆうことやん。そういう、伝えられへん想いがつまっとるんとちゃうかなと思たんよ」

素直になれないぶんだけ、よけい、想いも強くなっただろう。

「着物から抜けだした白露は、お祖母ちゃんの素直な想いやから、お祖父ちゃんにえらいなついたんや。お祖母ちゃんからしてみたら、めっちゃ恥ずかしかったやろな。自分の気持ち、代弁するみたいにべたべたされたら」

「それで猫をいやがってたわけか」

「うん。お祖父ちゃんになついとるもんやから、お祖父ちゃんに協力してもらわんとつかまえられへん。そうなったら事情を話さんわけにはいかへんし、白露が自分の気持ちやてばれて、なおさら居《い》た堪《たま》れへんかったやろなあ、お祖母ちゃん」

「健次郎さんは喜びそうだけどな」

そうしてしたためたのが、《白露や原一ぱいの星月夜》。白露は毛の白さから名づけたのだろうが、それがこの着物の露だと知って、星月夜の言葉が入ったこの句を添えたのではないだろうか。

「そのあとこの着物は、蔵にしまいこまれっぱなしやったんかな。たまには出して着とったんやろか」

「着とったはずやで」

と、良鷹が言った。

「お祖母ちゃんは、蔵のもん、しまいっぱなしにはしてへんかったからな。時々は風にあてて、もとに戻して、またしまう。管理するゆうんは、そういうことや」

良鷹は持っていた着物を、ふわりと鹿乃にまとわせた。

「まあ、合格やろ」

にこりともせず良鷹は言った。鹿乃は着物の衿《えり》をぎゅっとつかむ。

「蔵にある着物の目録《もくろく》、お祖母ちゃんからあずかっとるさかい、あとで渡すわ」

「目録、あるん？」

ないのだとばかり思っていた。几帳面《きちょうめん》な祖母にしてはおかしいと思っていたのだが。

「あるで。せやけど、何をどうしたらええとか懇切丁寧《こんせつていねい》に書いてあらへんからな。誰からもろたかとか、そんなんしかないで。答えは自分で見つけろてことや」

「いまみたいに？」

せや、と良鷹はうなずく。

「そのための宿題だったたってことだな」

言って、慧は腕を組んだ。

「ひとつふしぎなんだが、あの猫は一年くらい前から――つまりおふじさんが亡くなったころからいただろう？　猫を蔵から出したのは、良鷹なのか？」

「俺は出してへんで。おばあちゃんが前もって出したか、勝手に出てったか、やな」

「勝手に？」

「白露がお祖母ちゃんの気持ちなんやったら、わかるやろ。――心配でしゃあなかった、ちゅうところとちゃうか」

残された鹿乃たちのことが。

鹿乃は、着物を体に巻きつけるようにぎゅっと抱きしめた。――お祖母ちゃん。あの猫が時々ふっと現れては、こちらをうかがっていたのは、そういうことか。じっとこちらを見つめて――心配そうに見守っていたのは。

鹿乃は深く息を吐いて、空を見あげた。ああ、と思わず声がもれる。星月夜だった。冬の星々のように、爛々《らんらん》と輝いて圧倒されるものはない。空は霞《かすみ》がかったような藍色で、星はやわらかくまたたいている。春の夜空は、星の輝きもどこかやさしい。

「きれいだな」

空を見あげて、慧がぽつりと言った。

「《今宵はじめて見そめたる心ちす》――とまでは、いかないが」

鹿乃は夜空から慧に目を移す。母屋からもれる明かりに、慧の横顔がほんのりと照らされている。慧が鹿乃のほうに顔を向けた。鹿乃は視線を外して空を見る。そして目をしばたたいた。

「……ううん」

鹿乃は首をふって、さきほどの慧の言葉を打ち消した。

慧の向こうで、小さな星たちが一面、粉砂糖をまぶしたように甘くせわしなくまたたいている。

――今宵はじめて見そめたる心ちす。

鹿乃は気づいた。

好きな人のそばにいると、景色はいつでも新しく見える。

＊

翌日、学校から帰ってくると、慧が台所で絹《きぬ》さやの筋とりをしていた。慧は大学が休みの日だ。

鹿乃は手を洗うと制服のまま慧の向かいに座り、手伝いはじめる。

「何作るん?」

「絹さやの卵とじ」

「お兄ちゃんは?」

ぴー、と筋をとりながら慧は言う。

「お兄ちゃんは?　玄関に靴なかったけど」

「仕事だって言って出かけたぞ」

「めずらしい。何かええもん見つけたんやな」

「だろうな。機嫌がよかった」

「あっ、ちぎれてしもた」

筋がとちゅうで切れてしまった。力加減がけっこうむずかしい。それをボウルに入れて、つぎの絹さやを手にとる。しばらく集中して黙々と筋をとった。

「なあ、慧ちゃん。《白露や原一ぱいの星月夜》て、誰の句か知っとる?」

いくつか筋をとって、鹿乃は伸びをしながらそんなことを訊いた。慧は絹さやに目を落としたまま、「いや」と答える。

「どこかで聞いた覚えもあるが、誰だったかな。『便利な辞典』には載《の》ってないようだぞ」

「慧ちゃんでもわからんことあるんやな」

鹿乃は得意満面で、

「正岡子規やで」

と教えた。

「ほう、よく知ってるな。鹿乃も立派な辞典になれるぞ」

「ちょっと辞典から離れて、慧ちゃん。言《ゆ》うたん、わたしやけど」

鹿乃は筋とりを再開する。

「タネ明かしするとな、教えてもらったんよ。春野さんに」

慧のとっていた筋が、ぷつりと切れた。

「……ああ、どうりで。鹿乃が俳句に精通してるわけないもんな」

「春野さん、俳句好きやて言うてたから、訊いてみたんよ。——あ、そうそう。今度な、薔薇持ってきてくれるって、春野さん」

ぷつり、とまた慧は絹さやの筋をちぎってしまった。

「慧ちゃん、へたくそやな。わたしがするわ」

鹿乃は慧の前にあった絹さやを自分のほうへ寄せた。することがなくなった慧は、頬杖をついて鹿乃が筋とりをするのを眺めている。

「今度の日曜、お祖母ちゃんのお墓参りに行きたいんやけどな、慧ちゃん、車出してくれる?」

「ああ」

「宿題できたよって報告せんと」

星月夜の着物は夏物なので、着ていけないが。

「あと、もう心配せんでもええよって」

慧はちょっと意地悪な笑みを見せた。

「そんなセリフは四条《しじょう》で迷子にならなくなってから言え、っておふじさんなら言いそうだがな」

「慧ちゃん!」

「どんなに立派になっても孫は心配だろう。案外、あの白猫もまた蔵から抜け出てきてたりしてな」

「昨日の今日で、それは困るわ」

そう言ったとき、ちょうどはかったように、外で猫の鳴き声がした。

「……あれ、白露やろか」

「さあな」

ふたりは顔を見合わせると、そろって笑いだした。

主要参考文献

『鏡の国のアリス』キャロル作　中山知子訳　テニエル画（フォア文庫）
『源氏物語　第二巻』玉上琢彌訳注（角川ソフィア文庫）
『紫式部集』南波浩校注（岩波文庫）
『ソネット集』シェイクスピア作　高松雄一訳（岩波文庫）
『伽婢子　1』浅井了意　江本裕校訂（東洋文庫）
『建礼門院右京大夫集』全訳注糸賀きみ江（講談社学術文庫）
『南蛮更紗』新村出著　米井力也解説（東洋文庫）
『華族　近代日本貴族の虚像と実像』小田部雄次（中公新書）
『華族家の女性たち』小田部雄次（小学館）
『ある華族の昭和史』酒井美意子（講談社文庫）
『京都に残った公家たち　華族の近代』刑部芳則（吉川弘文館）

※この作品はフィクションです。実在の人物・団体・事件などにはいっさい関係ありません。

集英社オレンジ文庫をお買い上げいただき、ありがとうございます。
ご意見・ご感想をお待ちしております。

● あて先
〒101-8050　東京都千代田区一ツ橋2-5-10
集英社オレンジ文庫編集部 気付
白川紺子先生

下鴨アンティーク
アリスと紫式部

集英社
オレンジ文庫

2015年1月25日　第1刷発行
2023年8月6日　第11刷発行

著　者　白川紺子
発行者　今井孝昭
発行所　株式会社集英社
〒101-8050東京都千代田区一ツ橋2-5-10
電話【編集部】03-3230-6352
【読者係】03-3230-6080
【販売部】03-3230-6393（書店専用）
印刷所　株式会社美松堂／中央精版印刷株式会社

※定価はカバーに表示してあります

ISBN 978-4-08-680004-4 C0193